瑞蘭國際

瑞蘭國際

信不信由你

一週開口說
阿拉伯語！

國立政治大學阿拉伯語文學系助理教授

鍾念雩 著

國立政治大學阿拉伯語文學系副教授

馬穆德（ محمود طلب عبد الدين ） 審訂

歡迎參加魔幻阿拉伯語世界七日遊！

〈為何要學阿拉伯語？〉

「我學阿拉伯語要做什麼？」或許你也有這樣的疑問。台灣距離日本、韓國頗近，在兩國流行文化影響下，學生容易接觸到日語和韓語；此外，歐美文化在台灣也深根已久，各大專院校、官方文化協會、民間語言教室都提供了許多學習德語、法語、西班牙語、俄語的機會。不論是為了留學深造，或是讓旅遊時溝通更順暢，抑或只是想更了解當地的風土民情，在台灣學習上述外語的管道都很多元。但阿拉伯語──這門中東地區廣泛通行的語言，在台灣的學習資源並不豐富，如果想找到深入淺出、循序漸進的「基礎自學」教材更是難上加難，這或許是想學習這門語言的人共同的想法。如果您也喜歡學習外語，對於阿拉伯語充滿好奇，但遲遲無法找到適合初學者自學的教材，那麼，這本書就是您的最佳良伴！

我從大學時期開始接觸阿拉伯語這門語言，一開始對於字母的發音也十分困擾，但是經過反覆的口語練習，逐漸摸索出一套有效的學習策略。而這本書，正好濃縮了我個人的學習經驗，並彙整了一些基礎、簡易且核心的內容，以獻給第一次接觸阿拉伯語的您。我始終認為，用自己的母語學習外語，可以大幅提升學習效率，省去用外語學習外語時，造成的「兩次翻譯」困擾；以及兩種陌生語言同時出現，對心理造成的巨大負擔和無形恐懼。這是我撰寫這本書的初衷，希望您在學習一週後，就能字正腔圓地用阿拉伯語問候他人，並能做簡單的自我介紹。

阿拉伯語的字彙的念法有一定的規則，除了字母之外，還會加上母音的標音符號。而標音，則是依據字彙在一句話當中的「角色」而定。所謂的角色，就是格位。阿拉伯語總共有三個格位，熟練三個格位的使用時機，就可以造出正確且標準的句子了。關於格位的問題，我會在本書的前言做個簡介，隨後，在最後三天的課程中，也會進行詳盡的解說，同時提供豐富的練習，讓您更熟悉各個格位的用法。

〈關於本書〉

本書依照學習分量，將阿拉伯語字母、單字、句子、對話分成七天，按部就班引導讀者依序學習。前四天介紹阿拉伯語的字母，最後三天提供常用句型和核心文法，讓您可以在緊湊但沒有壓力的情況下，無障礙地自學基礎阿拉伯語。您可以每天花兩到三個小時，連續七天學習；當然，您也可以細嚼慢嚥，充分浸淫在阿拉伯語的發音中，累積長期的記憶，為自己奠定堅實的阿拉伯語基礎。我相信，經過一週的學習，您必能精準地念出每個阿拉伯語字母的發音，並且有自信地用阿拉伯語問候朋友、家人，甚至能向初次見面的人做簡單的自我介紹。而當對方聽了你的標準發音，並對你大加讚賞時，那就是學語言最有成就感的時刻了！歡迎您也來一起體驗！

本書除了提供字母發音、基礎句型和文法知識外，另開闢了「文化櫥窗」專欄，和您分享阿拉伯國家的歷史、文化、宗教、飲食等主題，讓您在學習語言之餘，也能培養對阿拉伯文化的理解與包容，如此一來，以後接觸到其他的奇風異俗時，您或許就見怪不怪了。

感謝瑞蘭國際出版的大力支持，以及劉思妍、歐瑪爾兩位同學協助錄音，馬赫穆德老師協助審訂本書的所有內容，當然還有才華橫溢的插畫師根據本

書內容繪製的精采插圖。如果不是他（她）們的辛勤付出，這本書絕不可能
付梓。

2022 年 8 月 10 日

STEP 1.

認識「阿拉伯世界」與「阿拉伯語」

　　開始學習前，我們先來了解關於阿拉伯語的種種，包含阿拉伯世界究竟有哪些國家？阿拉伯語的使用範圍、使用人口有多少？這些在本書「前言」有詳細說明。相信您了解這些背景知識之後，對這個謎樣世界的語言，一定會更想一探究竟！

和、綠意盎然；阿拉伯半島內部是典型的沙漠，偶有綠洲點綴；黎巴嫩西部面朝地中海，氣候宜人；而兩河流域的伊拉克、尼羅河流域的埃及全年均乾燥少雨，只在河岸兩側稍有綠意；至於阿拉伯半島到大西洋沿岸的北部非洲，則是以熱帶沙漠氣候為主的氣候型態。

　　所謂的阿拉伯人，並不一定信仰伊斯蘭教，在大敘利亞地區，也就是今天伊拉克、敘利亞、黎巴嫩、約旦境內，仍有少部分的阿拉伯人是基督教徒。而阿拉伯人也不是血統上的分類，而是文化上的認同，只要以阿拉伯語為母語，習慣阿拉伯人的生活方式，不論膚色是什麼，都可以稱作阿拉伯人。

阿拉伯國家的政治與經濟

　　現今的阿拉伯國家的領導人名銜不一而足。沙烏地阿拉伯、巴林，約旦、摩洛哥是國王；阿拉伯聯合大公國是部落酋長；卡達是埃米爾（意為王子）；敘利亞、黎巴嫩、埃及、葉門、突尼西亞、茅利塔尼亞是總統。然而，不論是政治體制是獨裁還是民主，伊斯蘭教在憲法中都有超然其他宗教的特殊地位。像是某些阿拉伯國家，如敘利亞、黎巴嫩及葉門，人民以個人宗教派系，再加上國際勢力的介入，造成國家的分崩離析，民主制度名存實亡。

　　阿拉伯國家在政治體制上差別很大，在經濟發展程度上也是如此。光是阿拉伯半島，就同時有爆發饑荒和難民危機的葉門，和高樓林立、為世界航運樞紐之一的杜拜。光憑這點，就足以說明各個阿拉伯國家之間經濟發展的巨大落差。這個地區的人才流動常常有一種特殊的傾向，也就是北非國家的公民會前往埃及打工，埃及公民會前往約旦打工，敘利亞、約旦公民會前往阿拉伯半島的沙烏地阿拉伯、科威特、卡達、以及阿拉伯聯合大公

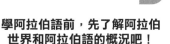

學阿拉伯語前，先了解阿拉伯世界和阿拉伯語的概況吧！

阿拉伯世界和阿拉伯國家

　　正式學習阿拉伯語之前，讓我們來了解阿拉伯世界吧！阿拉伯語是包括沙烏地阿拉伯在內的二十二個阿拉伯國家的官方語言，也是五十七個伊斯蘭教佔多數的國家，以及世界十幾億穆斯林的宗教用語。因為伊斯蘭教的神聖典籍古蘭經，是以阿拉伯語寫成的。

　　二十二個阿拉伯國家是哪些呢？分別是：沙烏地阿拉伯、葉門、歐曼、索馬利亞、葛摩群島、吉布提、卡達、巴林、阿拉伯聯合大公國、伊拉克、科威特、敘利亞、黎巴嫩、約旦、巴勒斯坦、埃及、蘇丹、利比亞、突尼西亞、阿爾及利亞、摩洛哥、茅利塔尼亞。範圍從阿拉伯半島、兩河流域延伸至東非和北非，這些國家的總面積超過一千三百萬平方公里，人口超過四億人。

　　沙烏地阿拉伯是伊斯蘭教兩大聖城麥加、麥地那的守護者，該國在阿拉伯國家乃至於整個伊斯蘭世界的地位都是舉足輕重的。而阿拉伯半島除了宗教上的號召力，也是世界航運要道。半島西側，位於葉門境內的曼德布海峽，是亞洲貨輪進入蘇伊士運河的必經水道；半島東側的荷姆茲海峽，更是石油運輸的主要命脈。

　　阿拉伯國家的領土還是重要古文明的發源地，比如伊拉克，現在就位於底格里斯河、幼發拉底河流域的範圍；埃及則跨越了尼羅河的中下游。阿拉伯國家的氣候類型多元。葉門和歐曼靠近印度洋的一側，濕潤多雨，氣候溫

我們來學習字母的發音吧！

從第一天到第四天，本書陪伴您一起學習阿
拉伯語的二十八個字母和三種標音符號。

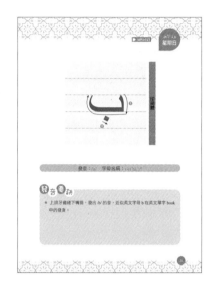

◆跟著「音檔序號」念：（請見：如何掃描 QR Code 下載音檔）

配合音檔，請先聽老師念一次，接著自己試著念幾遍，再聽一次老師的發音，
然後重複修正自己的發音，相信反覆練習幾次之後，您的發音一定會越來越
標準。此外，每一頁的字母下面有幾個例字，如果您也仿照上述方式重覆念
個幾遍，學習肯定事半功倍，發音保證字正腔圓！

如何掃描 QR Code 下載音檔

1. 以手機內建的相機或是掃描 QR Code 的 App 掃描封面的 QR Code。
2. 點選「雲端硬碟」的連結之後，進入音檔清單畫面，接著點選畫面右上角的
   「三個點」。
3. 點選「新增至「已加星號」專區」一欄，星星即會變成黃色或黑色，代表加
   入成功。
4. 開啟電腦，打開您的「雲端硬碟」網頁，點選左側欄位的「已加星號」。
5. 選擇該音檔資料夾，點滑鼠右鍵，選擇「下載」，即可將音檔存入電腦。

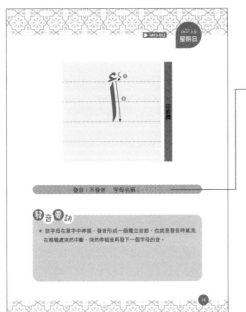

◆字母「發音」：
簡明扼要地説明每個字母的發音要訣，方便您模仿，奠定發音基礎！

◆寫寫看：
本書的每個字母都標記了筆順，方便您習寫。此外，為因應阿拉伯語在不同位置的不同寫法，本書標示了字母的「獨立型」、和其他字母一起寫的「連寫型」（連寫型又分成「字首」、「字中」、「字尾」），讓您熟悉全部字母的各種書寫規則！

◆「例字」及「慣用語」：
馬上學習該字母的相關單字和慣用語，現學現説，開口就是漂亮的阿拉伯語！

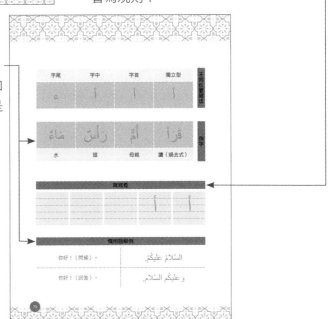

我們來學習生活用語和日常對話吧！

第五天到第七天，讓我們一起學習阿拉伯語的慣用語、數字、家人稱謂、直述句、疑問句等實用的表達方式。

◆句型：

每一天有三個左右的句型，前後的句型在句子結構上，彼此密切相關，這是為了增強學習的連貫性，並且提綱挈領地提示接下來對話的重點！

◆對話：

介紹句型後，開始練習對話，對話內容循序漸進，讓阿拉伯語融入實際生活中，讓您學習起來更有樂趣喔！

◆文法：

針對每則對話中的重點文法，進行詳盡的解說，您只要耐心看完，必定會獲益良多。文法解說後，文字內容歸納整理成表格，便於您用來進行代換的練習！

星期四
يوم الخميس

文法 1-1：所有格人稱代名詞

表示從屬關係的「所有格人稱代名詞」，要緊接在名詞後面，茲將上述對話中學到的「所有格人稱代名詞」整理如下：

第一人稱	（我的）ـِي	
第二人稱	（妳的）ـِك	（你的）ـَك
第三人稱	（她的）ـَها	（他的）ـُه

（我的名字）اِسْمِي	
（妳的名字）اِسْمُكِ	（你的名字）اِسْمُكَ
（她的名字）اِسْمُها	（他的名字）اِسْمُهُ

（我的狀況）حالِي	
（妳的狀況）حالُكِ	（你的狀況）حالُكَ
（她的狀況）حالُها	（他的狀況）حالُهُ

112

◆重要單字：

解說完對話中的文法後，還表列出職業名稱、工作地點等相關重點單字。如果您能將這些單字套用在句型中，阿拉伯語的口語能力肯定能快速提升！

星期四
يوم الخميس

延伸學習 1

國家名稱、國籍、語言　▶ MP3-066

3. 語言	2. 國籍		1. 國家名稱	
	美國人 أَمْرِيكِيٌّ / أَمْرِيكِيَّةٌ		美國 أَمْرِيكا	
英語 اللُّغَةُ الإِنْجِلِيزِيَّةُ	英國人 بِرِيطانِيٌّ / بِرِيطانِيَّةٌ		英國 بِرِيطانِيا	
	澳洲人 أُسْتُرالِيٌّ / أُسْتُرالِيَّةٌ		澳大利亞 أُسْتُرالِيا	
德語 اللُّغَةُ الألْمانِيَّةُ	德國人 أَلْمانِيٌّ / أَلْمانِيَّةٌ		德國 أَلْمانِيا	
西班牙語 اللُّغَةُ الإِسْبانِيَّةُ	西班牙人 إِسْبانِيٌّ / إِسْبانِيَّةٌ		西班牙 إِسْبانِيا	
法語 اللُّغَةُ الفَرَنْسِيَّةُ	法國人 فَرَنْسِيٌّ / فَرَنْسِيَّةٌ		法國 فَرَنْسا	

124

STEP 4.

拓展視野、深度學習

全書每一天學習的最後，都有「文化櫥窗」專欄，以及「自我測驗」欄目。

◆自我測驗：

每一天的課程結束後，最後兩頁是課後複習，檢測自己的學習成效！

◆文化櫥窗：

介紹阿拉伯世界的風俗習慣、宗教信仰，藉由異國文化的薰陶，您對學習阿拉伯語的興趣肯定會大增的！

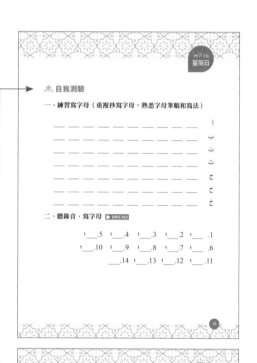

文化櫥窗

阿拉伯人的服飾

阿拉伯男性的頭巾

　　阿拉伯男性普遍喜歡穿寬鬆的袍子（ثوب），頭戴對折方巾（غترة）。方巾的材質種類多樣，有棉織、毛料、化學纖維製成的；形狀呈正方形、顏色有純白、土色、提花、紅格紋等樣式。方巾的穿戴方式多元，其中一種是將方巾對摺成方形，三角形的直角那一邊貼著背部，三角形的底邊遮住額頭的一部分，左右兩邊的銳角向後腦勺方向繞一圈，最後將兩個銳角塞入後腦杓的頭巾中，後方的直角接垂下來就完成了。不同綁法延伸出許多的名字，前面描述的是「約旦」風。此外，還有生活在沙漠中的阿拉伯人採用的「貝督因」風，這種風格的綁法和前一種不同之處在於，其中一邊的銳角不必繞頭部一圈，不是遮住臉部之後，將銳角的布料塞進後腦杓的頭巾當中，只露出眼睛，這種穿戴方式可以有效阻擋風砂。至於「海盜」風，則是把三角形的底面蓋住頭部之後，再把直角放在背後，接著銳角的右側捲一捲，繞過下巴，銳角的左側遮住臉，最後兩個銳角在頭部的後方打一個死結，如此一來，頭巾可以遮住脖子以上的部位，只留下雙眼，而直角的部分則自然披覆在左肩上。

約旦風格正面　　約旦風格背面

前七個字母

四組成對的字母

你的職業是什麼？

我的家庭裡有七個成員

學阿拉伯語前，先了解阿拉伯世界和阿拉伯語的概況吧！

阿拉伯世界和阿拉伯國家

正式學習阿拉伯語之前，讓我們來了解阿拉伯世界吧！阿拉伯語是包括沙烏地阿拉伯在內的二十二個阿拉伯國家的官方語言，也是五十七個伊斯蘭教佔多數的國家，以及世界十幾億穆斯林的宗教用語。因為伊斯蘭教的神聖典籍古蘭經，是以阿拉伯語寫成的。

二十二個阿拉伯國家是哪些呢？分別是：沙烏地阿拉伯、葉門、歐曼、索馬利亞、葛摩群島、吉布提、卡達、巴林、阿拉伯聯合大公國、伊拉克、科威特、敘利亞、黎巴嫩、約旦、巴勒斯坦、埃及、蘇丹、利比亞、突尼西亞、阿爾及利亞、摩洛哥、茅利塔尼亞。範圍從阿拉伯半島、兩河流域延伸至東非和北非，這些國家的總面積超過一千三百萬平方公里，人口超過四億人。

沙烏地阿拉伯是伊斯蘭教兩大聖城麥加、麥地那的守護者，該國在阿拉伯國家乃至於整個伊斯蘭世界的地位都是舉足輕重的。而阿拉伯半島除了宗教上的號召力，也是世界航運要道，半島西側，位於葉門境內的曼達布海峽，是亞洲貨輪進入蘇伊士運河前的必經水道；半島東側的荷姆茲海峽，更是石油運輸的主要命脈。

阿拉伯國家的領土還是重要古文明的發源地，比如伊拉克，現在就位於底格里斯河、幼發拉底河流域的範圍；埃及則跨越了尼羅河的中下游。阿拉伯國家的氣候類型多元，葉門和歐曼靠近印度洋的一側，濕潤多雨，氣候溫

和，綠意盎然；阿拉伯半島內部是典型的沙漠，偶有綠洲點綴；黎巴嫩西部面朝地中海，氣候宜人；而兩河流域的伊拉克、尼羅河流域的埃及全年均乾燥少雨，只在河岸兩側稍有綠意；至於阿拉伯半島到大西洋沿岸的北部非洲，則是以熱帶沙漠氣候為主要的氣候型態。

所謂的阿拉伯人，並不一定信仰伊斯蘭教，在大敘利亞地區，也就是今天伊拉克、敘利亞、黎巴嫩、約旦境內，仍有少部分的阿拉伯人是基督教徒。而阿拉伯人也不是血統上的分類，而是文化上的認同，只要以阿拉伯語為母語，習慣阿拉伯人的生活方式，不論膚色是什麼，都可以稱作阿拉伯人。

🌸 阿拉伯國家的政治與經濟

現今的阿拉伯國家的領導人名銜不一而足。沙烏地阿拉伯、巴林、約旦、摩洛哥是國王；阿拉伯聯合大公國是部落酋長；卡達是埃米爾（意為王子）；敘利亞、黎巴嫩、埃及、葉門、突尼西亞、茅利塔尼亞是總統。然而，不論是政治體制是獨裁還是民主，伊斯蘭教在憲法中都有高於其他宗教的特殊地位。像是某些阿拉伯國家，如敘利亞、黎巴嫩及葉門，人民因為個人宗教派系、所屬部落的不同而彼此猜忌，再加上國際勢力的介入，造成國家的分崩離析，民主制度名存實亡。

阿拉伯國家在政治體制上差別很大，在經濟發展程度上也是如此。光是阿拉伯半島，就同時有爆發饑荒和難民危機的葉門，和高樓林立、為世界航運樞紐之一的杜拜。光憑這點，就足以說明各個阿拉伯國家之間經濟發展的巨大落差。這個地區的人才流動常常有一種特殊的傾向，也就是北非國家的公民會前往埃及打工，埃及公民會前往約旦打工，敘利亞、黎巴嫩、約旦公民會前往阿拉伯半島的沙烏地阿拉伯、科威特、卡達、以及阿拉伯聯合大公

國的杜拜、阿布達比，但就是不會到葉門打工。大體而言，阿拉伯半島上的經濟發展水準，遠勝於兩河流域以及北非的阿拉伯國家。

🌸 阿拉伯語的起源

阿拉伯語是亞非語系中閃語的一支，和希伯來語、古敘利亞語有共同的源頭。同時它是超過四億阿拉伯人的母語；也是聯合國的六種工作語言之一。阿拉伯語在伊斯蘭教四處傳播時，成為當地的強勢語言。世界上許多的語言，如波斯語（Persian，伊朗官方語言）、土耳其語（Turkish）、庫德語（Kurdish，敘利亞、伊拉克、伊朗境內庫德族人的語言）、烏爾都語（Urdu，巴基斯坦官方語言）、印尼語（Bahasa Indonesia）、柏柏語（Berber Languages，北非國家在地語言）、斯瓦希利語（Kiswahili，東非坦尚尼亞、肯亞、烏干達等國的官方語言）、豪薩語（Hausa Language，流行於西非奈及利亞、尼日、查德、喀麥隆等國）、西班牙語、葡萄牙語、馬爾他語（Matisse，義大利西西里島南部國家馬爾他的官方語言）都受到阿拉伯語的影響，從阿拉伯語當中借用或轉化了許多的字彙。

在古蘭經降世之後，書面阿拉伯語的語法規範逐漸固定下來。然而，各地的方言並沒有消失，現在阿拉伯語的方言，依照使用地區來分，包含阿拉伯半島方言、伊拉克方言、大敘利亞地區（敘利亞、黎巴嫩、約旦、巴勒斯坦）方言、埃及方言、北非方言。各個方言區的詞彙差異很大，如果不另外學習，幾乎無法溝通。而各個方言中，埃及方言的影響力特別大，因為埃及為阿拉伯國家當中人口最多的國家，出版業、媒體業相對發達，埃及生產的電視連續劇在其他阿拉伯國家也廣受歡迎。但由於撰寫本書的目的，在於系統化的引導讀者學習阿拉伯語的書面用語，而且書面用語是所有阿拉伯國家通用的語言，所以就不細究各地方言了。

接著，在進入第一天的課程之前，我們先來學一些發音符號和基本的語言知識：

🌱 阿拉伯語的母音

一、短母音

阿拉伯語的短母音有三種，分別如下： ▶ MP3-001

阿拉伯語標音符號	音標	音標在字母的位置
ـُ	/u/	بُ
ـَ	/a/	بَ
ـِ	/i/	بِ

阿拉伯語字彙有一定的構詞方式，初學者必須熟記，同時配合音標學習發音，以後遇到構詞方式相同的字彙時，即使不用音標輔助，也可以自然而然唸出來。

二、長母音

阿拉伯語的長母音就是阿拉伯語的其中三個字母，分別如下： ▶ MP3-002

字母	音標	例字
ـُو	/ū/	كُوبٌ 杯子
ـَا	/ā/	كِتَابٌ 書
ـِي	/ī/	كَبِيرٌ 大的

長母音和短母音的發音方式一致，差別只在母音的長度不同。

三、雙母音

阿拉伯語的雙母音有兩個，分別如下： ▶ MP3-003

雙母音種類	音標	例字
ـَوْ	/au/	يَوْمٌ 日子
ـَيْ	/ai/	خَيْرٌ 福祉

❧ 其他的發音符號

一、輕音 ▶ MP3-004

發音符號	發音	例字
ـْ	不搭配母音發音	كَمْ / مَنْ 誰 / 多少

二、疊音 ▶ MP3-005

發音符號	例字
ـّ	مُعَلِّمٌ 老師

疊音由兩個相同的字母組成，第一個字母的發音是輕音，第二個字母則是三個短母音中的其中一個。

🌸 名詞的性別

阿拉伯語字彙分為陰性和陽性，形容詞的性別、動詞的人稱變化必須和名詞的「性別」、「數量」保持一致。陰性和陽性名詞的判斷標準如下：

一、陽性名詞 ▶ MP3-006

大的	كَبِيرٌ
男醫生	طَبِيبٌ

二、陰性名詞 ▶ MP3-007

1. 在陽性名詞加上陰性字尾「ة」，則成為陰性

大的	كَبِيرَةٌ
女醫生	طَبِيبَةٌ

2. 字彙本身帶有陰性字尾「ة」

學校	مَدْرَسَةٌ
大學	جَامِعَةٌ

3. 字彙本身就是陰性

女兒	بِنْتٌ
母親	أُمٌّ

4. 成雙的身體器官，也是陰性

腿	رِجْلٌ
手	يَدٌ

🌿 名詞的確指與泛指

阿拉伯語的名詞有三格位：主格、受格、所有格。名詞在一個句子中是主詞的時候，字尾標上主格的音 /u/；名詞在句子中是受詞的時候，字尾標上受格的音 /a/；名詞在表達所屬關係中時，字尾標上所有格的音 /i/。

一、泛指名詞

泛指名詞的字尾的發音，就是前述的三個短母音之外，加上一個 /n/ 的鼻音。名詞字尾的發音表示名詞在一個句子中的文法位置，比如：

1. 以陽性名詞「書」為例： ▶ MP3-008

所有格 ــٍ	受格 ًا	主格 ــٌ
...كِتَابٍ 書的…	...كِتَابًا 把書…	كِتَابٌ... 書…

2. 以陰性名詞「學校」為例： ▶ MP3-009

所有格 ــٍ	受格 ــَةً	主格 ــٌ
...مَدْرَسَةٍ 學校的…	مَدْرَسَةً 把學校…	مَدْرَسَةٌ 學校…

＊本課的錄音，在念到名詞時，字尾念的是「泛指名詞」的「主格」發音，也就是說，讀者會聽到名詞字尾的發音 /un/。

二、確指名詞

　　第一種確指名詞就是在名詞的前面加上冠詞「الـ」，這種確指名詞在三個格位的字尾發音，就是前述的三個短母音。　▶ MP3-010

所有格 ــِ	受格 ــَ	主格 ــُ
...الكِتَابِ 這本書的…	...الكِتَابَ 把這本書…	الكِتَابُ 這本書…
...المَدْرَسَةِ 這間學校的…	المَدْرَسَةَ 把這間學校…	المَدْرَسَةُ 這間學校…

其他種類的確指名詞如下：　▶ MP3-011

人名	名詞＋所有格人稱代名詞	主格人稱代名詞	指示代名詞
مُحَمَّدٌ 穆罕默德	كِتَابُهُ 他的書	هُوَ 他	هَذا 這個

يَوْمُ الأَحَدِ
星期日

الْحُرُوفُ السَّبْعَةُ الأُولَى
前七個字母

　　一般而言，星期日是大多數阿拉伯國家的第一個上班日，因此也可視為每星期的第一天。就讓我們從這天開始學習阿拉伯語的前七個字母，這些字母分別是："ا"（ʾalif）、"ب"（bāʾ）、"ت"（tāʾ）、"ث"（thāʾ）、"ج"（jīm）、"ح"（ḥāʾ）、"خ"（khāʾ）。我們會一一介紹每個字母的發音訣竅，以及字母在單字字首、字中、字尾的寫法，並提供一些慣用語、例字供讀者練習。另外，大家要知道，阿拉伯語的單字和句子，都是由右往左書寫的，千萬記得喔！就讓我們翻開下一頁，開始學習吧！

　　此外，在聆聽音檔時，有以下幾個小叮嚀：
・聆聽字母音檔時，第一個發音是「字母名稱」，第二個才是字母的「發音」。
・在念到名詞時，字尾念的是「泛指名詞」的「主格」，但是在口語中，阿拉伯語母語人士常常將名詞的尾音省略不念，也就是說，字尾都是念輕音「ـْ」，在介紹字母的例字時，會聽到完整的「泛指名詞」、「主格」發音。
・自我測驗中，會聽到省略字尾母音的「口語」發音。這樣的安排，是為了方便比較兩者差異，藉此同時學習「教科書」和「口語」兩種不同的發音方式。
・每個慣用語的念法，第一次是念完整的「教科書」發音，第二次則是「口語」的發音
・最後的「聽錄音，念句子」的習題，只念「口語」的發音，因為這些句子的「教科書」發音在前面的慣用語欄目中出現過了。
　　就讓我們翻開下一頁，開始學習吧！

印刷體

發音：不發音　字母名稱： (alif)

發音要訣

● 該字母在單字中停頓，發音形成一個獨立音節，也就是發音時氣流在喉嚨處突然中斷，突然停頓後再發下一個字母的音。

	字尾	字中	字首	獨立型	不同位置寫法
	ء	أ	أ	أ	

					例字
	مَاءٌ	رَأْسٌ	أُمٌّ	قَرَأَ	
	水（單數）	頭	母親	讀（過去式）	

寫寫看

			أ	أ

慣用語舉例

你好！（問候）。	السَّلَامُ عَلَيكُمْ.
你好！（回答）。	وَعَلَيكُم السَّلَام.

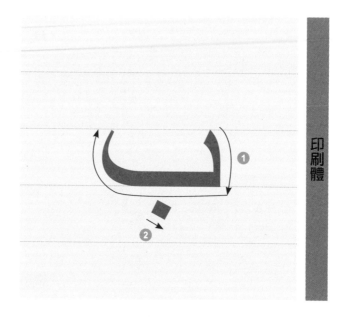

印刷體

發音：/b/　字母名稱：باء (bā')

發音要訣

● 上排牙齒碰下嘴唇，發出 /b/ 的音，近似英文字母 b 在英文單字 book
中的發音。

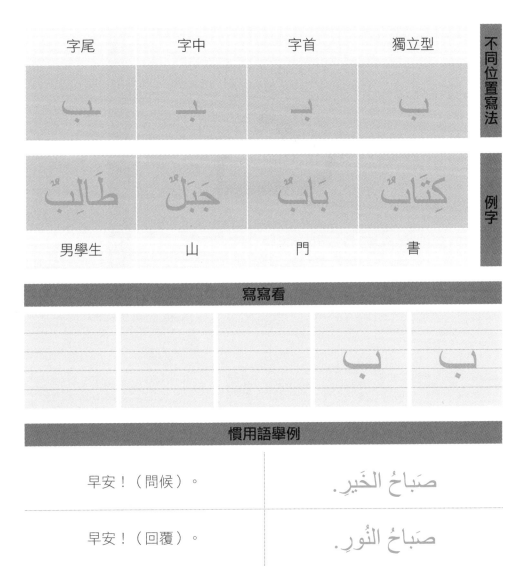

字尾	字中	字首	獨立型	不同位置寫法
ب	بـ	بـ	ب	
طَالِب	جَبَل	بَابٌ	كِتَابٌ	例字
男學生	山	門	書	

寫寫看

			ب ب

慣用語舉例

早安！（問候）。	صَبَاحُ الخَيرِ.
早安！（回覆）。	صَبَاحُ النُورِ.

＊「ā」代表「a」的長音，「ʾ」則是代表「ء」，也就是氣流在喉嚨深處瞬間中斷，並從前面的ā獨立出來的另一個音節。也就是說，如果音標是「bā」，代表只有一個音節，而「bāʾ」的話則有「bā」以及「ʾ」兩個音節。往後字母的發音，也會比照這種方式標示。

印刷體

發音：/t/　字母名稱：تاء (tā')

● 舌頭接觸上排牙齒的後方，發出 /t/ 的音，近似英文字母 t 在英文單字 tea 中的發音。

字尾	字中	字首	獨立型
ـت	ـتـ	تـ	ت

بَيْتٌ	دَفْتَرٌ	تُفَّاحٌ	بَنَاتٌ
家	筆記本	蘋果	女孩們

寫寫看

			ت	ت

慣用語舉例

這間房子很新。	البَيتُ جَدِيدٌ.

印刷體

發音：/th/　字母名稱：ثَاء (thāʾ)

● 上下排牙齒咬住舌尖，發出 /th/ 的音，近似英文字母 th 在英文單字 think 中的發音。

字尾	字中	字首	獨立型
ث	ث	ثـ	ث

لَيْثٌ	كَثِيرٌ	ثَوْمٌ	حَادِثٌ
小獅子	很多的	蒜	事故

寫寫看

			ثـ	ث

慣用語舉例

這件衣服很漂亮。	الثَّوبُ جَمِيلٌ.

印刷體

發音：/j/　字母名稱：جِيم (jīm)

- 發音近似英文字母 j 在英文單字 jelly 中的發音。

字尾	字中	字首	獨立型
ـج	ـجـ	جـ	ج

例字

ثَلْجٌ	حَجَرٌ	جَمِيل	دَجَاجٌ
雪	石頭	漂亮的	雞

寫寫看

			ج	ج

慣用語舉例

他是誰？	مَنْ هُوَ؟
他是賈米勒。	هو جَمِيلٌ.

印刷體

發音：/ḥ/　字母名稱：حاء (ḥāʾ)

發音要訣

● 發音時，從胸腔用力呼出一口氣，發出 /ḥ/ 的音，發音位置比英文字
母 h 在英文單字 hot 中的發音來得更深也更費力，但依舊不振動聲帶。

字尾	字中	字首	獨立型
ح	ح	ح	ح

قَمْح	بَحْر	حِذَاء	صَبَاح
麵粉	海	鞋子	早晨

寫寫看

			ح	ح

慣用語舉例

你好嗎？	كَيْفَ حَالُكَ؟
我很好，感謝真主。	أَنا بِخَيْرٍ، وَالْحَمْدُ لِلَّهِ.

印刷體

發音：/kh/　字母名稱：خاء (khā)

- 發音時舌根靠近軟顎，氣流通過時摩擦軟顎發出 /kh/，但不振動聲帶。

字尾	字中	字首	獨立型
خ	ـخـ	خـ	خ

بِطِّيخ	نَخْلَة	خُبْز	خَوْخ
西瓜	椰棗樹	麵包	李子

寫寫看

			خ	خ

慣用語舉例

請進。	.تَفَضَّلْ بِالدُّخُولِ

❧ 自我測驗

一、練習寫字母（重複抄寫字母，熟悉字母筆順和寫法）

أ

ب ت ث

ج ح خ

二、聽錄音、寫字母 ▶ MP3-019

‿___.5   ‿___.4   ‿___.3   ‿___.2   ‿___ .1

‿___.10   ‿___.9   ‿___.8   ‿___.7   ‿___ .6

___.14   ‿___.13   ‿___.12   ‿___ .11

三、聽錄音，念單字 ▶ MP3-020

4. تفاح	3. بيت	2. أم	1. ماء
8. جميل	7. دجاج	6. كثير	5. ثلاثة
12. خبز	11. بطيخ	10. حذاء	9. قمح

四、聽錄音，念句子 ▶ MP3-021

4. صباح النور   3. صباح الخير   2. وعليكم السلام   1. السلام عليكم

8. الثوب جميل   7. البيت جديد   6. أنا بخير، والحمد الله   5. كيف حالك؟

五、連連看

這間房子很新。	•	•	السلام عليكم.
你好！（問候）	•	•	البيت جديد.
我很好，感謝真主。	•	•	وعليكم السلام.
你好嗎？	•	•	كيف حالك؟
早安！（回答）	•	•	الثوب جميل.
這件衣服很漂亮。	•	•	صباح الخير.
早安！（問候）	•	•	أنا بخير، والحمد الله.
你好！（回答）	•	•	صباح النور.

🌺 文化櫥窗

阿拉伯人的服飾

阿拉伯男性的頭巾

　　阿拉伯男性普遍喜歡穿寬鬆的袍子（ثَوب），頭戴對折方巾（غُتْرَة）。方巾的材質多樣，有棉織、毛料、化學纖維製成的；形狀呈正方形，顏色有純白、土色、提花、紅格紋等樣式。方巾的穿戴方式多元，其中一種是將方巾對摺成三角形，三角形的直角那一邊貼著背部，三角形的底邊遮住額頭的一部分，左右兩邊的銳角向後腦勺方向繞一圈，最後將兩個銳角塞入後腦勺的頭巾中，後方的直角直接垂下來就完成了。不同綁法延伸出許多的名字，前面描述的是「約旦」風。此外，還有生活在沙漠中的阿拉伯人採用的「貝督因」風，這種風格的綁法和前一種不同之處在於，其中一邊的銳角不必繞頭部一圈，而是遮住臉部之後，將銳角的布料塞進後腦勺的頭巾當中，只露出眼睛，這種穿戴方式可以有效阻擋風砂。至於「海盜」風，則是把三角形的底面蓋住頭部之後，再把直角放在背後，接著銳角的右側捲一捲，繞過下巴，銳角的左側遮住臉，最後兩個銳角在頭部的後方打一個死結，如此一來，頭巾可以遮住脖子以上的部位，只留下雙眼，而直角的部分則自然披覆在左肩上。

約旦風格正面　　　　約旦風格背面

阿拉伯男性的衣飾

阿拉伯半島的男性，除了頭巾之外，還會加上固定頭巾的黑色頭箍（عِقَال），如果加上了頭箍，就不需要大費周章綁頭巾了，讓頭巾自然垂下即可。阿拉伯人對衣服也很講究，一般而言，男性穿寬鬆的袍子，有白色、灰色、黑色等款式。如果出席婚宴、星期五的禮拜、國際會議等重要場合，除了白袍之外，外面還會加上一件羊毛披風（بِشْت），披風顏色從淡黃色、栗子色到黑色不一而足，領口處還會鑲上金色幾何花紋的滾邊，表示身分高貴。

貝督因風格正面　　　　貝督因風格背面

阿拉伯女性的頭巾

一般而言，女性在公開場合也是穿著長袍，袍子的長度必須包覆手臂，遮住小腿，這些部位

海盜風格正面　　　　海盜風格背面

被視為女性的「羞體」。此外，還得包裹頭巾（حِجَاب），因為頭巾代表著謙遜不張揚的美德。包頭巾的規定依據每個阿拉伯國家的國情有所差異，像是敘利亞、約旦、黎巴嫩境內，由於基督徒比例比較高，所以不戴頭巾的女子也相對較多；而海灣國家的社會風氣比較保守，當地女子在公眾場合都得包

頭巾。女性的頭巾不用頭箍固定，有些人在纏好之後甚至會用大頭針將頭髮和頭巾固定在一起，防止鬆脫。頭巾依照包覆的面積不同，也延伸出許多的稱呼。比如「西賈布」（حِجـاب）是遮住臉以外部分的頭巾；「尼卡布」（نِقـاب）則是一塊布包裹頭髮和脖子，另一塊包覆臉部，最後只剩下眼睛的頭巾款式，而且通常是黑色的。

西賈布　　　　　　　　　尼卡布

阿拉伯語女性的衣飾

　　說到女性的衣服，在阿拉伯半島的國家當中，「阿巴亞」（عَبَايـة）很流行，這種衣服簡言之就是黑色連身長袍，高檔的阿巴亞會在領口、袖口加上花邊刺繡，彰顯主人的貴氣。其他阿拉伯國家，比如約旦和巴勒斯坦，當地婦女的傳統服飾中最引人注目的是「繡花袍」（الثَّوب المُطَرَّز）以及「金線袍」（الثَّوب المُقَصَّب），兩者都是以黑色的布料為基底，前者用綠線或紅線，後者用金線在袍子袖子、胸口、下擺等處繡上對稱的幾何圖案，美觀而大方，這兩種服飾尤其適合在婚宴的場合穿著。伯利恆的女子結婚時，除了穿著這種手工縫製的長袍之

阿巴亞

外，還會配戴名為「撒特瓦」（سَـطْوَة）的帽子。帽子為圓筒狀，下寬上窄，帽子外側會縫上幾排金幣，帽頂連著一塊白紗，白紗自然垂下直接披在新娘子的肩部。

新時代的女穆斯林衣服

近年來，穆斯林移居歐洲的人口不斷上升，對於女性頭巾的爭論屢見不鮮，生意人從中嗅到了商機，針對穆斯林女子，順勢推出名為「布爾基尼」（بُوركِيني）的泳裝。此服裝結合了「布爾卡」（بُرقَع）罩袍和「比基尼泳衣」（bikini）的特點，一方面遮掩女性的頭髮、四肢等羞體，再者，也比罩袍來的輕盈，且更適合游泳戲水，因此大受歡迎。或許這也是宗教戒律和世俗娛樂兩股勢力僵持不下時，難得找到的平衡點。

布爾卡

布爾基尼

يَومُ الاثْنَينِ

星期一

أَرْبَعَةُ أَزْوَاجٍ مِنَ الْحُرُوفِ

四組成對的字母

　　經過星期日的暖身之後，星期一我們接著學習四對寫法類似的字母。這些字母分別是："د"（dāl）、"ذ"（dhāl）、"ر"（rāʾ）、"ز"（zāy）、"س"（sīn）、"ش"（shīn）、"ص"（ṣād）、"ض"（ḍād）。翻開下一頁，我們繼續學習吧！

印刷體

發音：/d/　字母名稱：دال (dāl)

發音要訣

● 舌頭接觸上排牙齒的後方，發出/d/的音，近似英文字母d在英文單字dog中的發音。此字母與字母تاء發音位置相同，差別在於，發音時，دال會振動聲帶，تاء不會振動聲帶。

字尾	字中	字首	獨立型
ـد	ـدـ	دـ	د

字尾	字中	字首	獨立型
فَهْدٌ	مِنْدِيلٌ	دَجَاجٌ	حَادٌّ
豹	面紙	雞	銳利的

寫寫看

			د	د

慣用語舉例

他是老師。	هُوَ مُدَرِّسٌ.

印刷體

發音：/dh/　字母名稱：ذال (dhāl)

- 上下排牙齒咬住舌尖，發出/dh/的音，近似英文字母th在英文單字those中的發音。此字母與字母ثاء發音位置相同，差別在於，發音時，ذال會振動聲帶，ثاء不會振動聲帶。

لَذِيذٌ	حِذَاءٌ	ذُرَة	جُرْذٌ	例字
好吃的	鞋	玉米	老鼠	

寫寫看

			ذ	ذ

慣用語舉例

這個西瓜很好吃。	البِطِّيخُ لَذِيذٌ.

印刷體

發音：/r/　字母名稱：ـراء (rā')

● 彈舌音。發音時，舌頭放鬆，喉嚨的氣流振動舌尖，連續發出 /r/ 的音。
剛開始練習時，可先在 /r/ 音前面加上 /d/ 或是 /t/ 的音，發出「的 r」
或「特 r」的音。一旦成功發出 /r/，再把前面的「的」或「特」音去掉。

字尾	字中	字首	獨立型
ﺮ	ﺮ	ﺭ	ﺭ

字尾	字中	字首	獨立型
قَمَرْ	جَرَسْ	رَجُلْ	جَزَرْ
月亮	鈴	男人	胡蘿蔔

例字

寫寫看

			ﺭ	ﺭ

慣用語舉例

很高興認識你。	أَنَا مَسْرُورٌ بِمَعْرِفَتِكَ.

印刷體

發音：/z/　字母名稱：زاي (zāy)

發音要訣

● 舌尖平放於上下排牙齒後方，嘴型扁平，發出 /z/ 的音，近似英文字母 z 在英文單字 zoo 當中的發音。

				例字
خُبْز	جَزِيرَة	زَهْرَة	مَوْز	
麵包	島	花	香蕉	

寫寫看

			ز	ز

慣用語舉例

他是我的同學。	هُوَ زَمِيلِي.

印刷體

發音：/s/　字母名稱：سِين (sin)

發音要訣

● 舌尖平放於上下排牙齒後方，嘴型扁平，發出/s/的音，近似英文字母 s在英文單字so中的發音。此字母與字母زاي發音位置相同，差別在於，發音時，زاي會振動聲帶，سِين不會振動聲帶。

字尾	字中	字首	獨立型
سـ ـس	ـسـ	سـ	س

أَنَانَاسٌ	سَمَكَةٌ	مِسْطَرَةٌ	شَمْسٌ
鳳梨	魚	尺	太陽

寫寫看

			س س	س

慣用語舉例

幸會！（問候）。	فُرْصَةٌ سَعِيدَةٌ.
幸會！（回答）。	فُرْصَةٌ سَعِيدَةٌ.

▶ MP3-027

印刷體

發音：/sh/　字母名稱：شِين (shīn)

發音要訣

● 發音時，舌頭處於上下排牙齒後方，嘴型偏圓，氣流從齒縫流出，發出 /sh/ 的音，近似英文字母 sh 在英文單字 shop 當中的發音。

字尾	字中	字首	獨立型
ـشْ شْ	ـشـ	شـ	شْ

字尾	字中	字首	獨立型
عُشّْ	مِشْمِشْ	شَمْسْ	فِرَاشْ
巢	杏桃	太陽	床墊

寫寫看

			شْ شْ	شْ شْ

慣用語舉例

謝謝！	شُكْرًا.
不客氣！	عَفْوًا.

印刷體

發音：/ṣ/　字母名稱：صاد (ṣād)

發音要訣

● 發音時嘴唇偏圓，舌頭後縮隆起，發出/ṣ/的音，發音較字母سين的發音/s/更為厚實。

字尾	字中	字首	獨立型
ـص	ـصـ	صـ	ص

قُرْصٌ	صُورَةٌ	حِصَانٌ	قَمِيصٌ
襯衫	馬	照片	光碟

寫寫看

			صـ	ص

慣用語舉例

這張照片很舊了。	الصُّورَةُ قَدِيمَةٌ.

印刷體

發音：/ḍ/　字母名稱：ضاد (ḍād)

發音要訣

● 發音部位與صاد相同。發音時嘴唇偏圓，舌頭後縮隆起，發出/ḍ/的音。發音較字母دال的發音/d/更為厚實。

字尾	字中	字首	獨立型
ـض	ـضـ	ضـ	ض

بَيْضٌ	يَضْحَكُ	ضَيْفٌ	حَوْضٌ
蛋	他在笑	客人	水槽

寫寫看

			ض	ض

慣用語舉例

我生病了。（陽性）	أَنَا مَرِيضٌ.
我生病了。（陰性）	أَنَا مَرِيضَةٌ.

✿ 自我測驗

一、習寫四組成對的字母

———— ———— ———— ———— ———— ———— ———— ———— ———— ———— ———— ————   د

———— ———— ———— ———— ———— ———— ———— ———— ———— ———— ———— ————   ذ

———— ———— ———— ———— ———— ———— ———— ———— ———— ———— ———— ————   ر

———— ———— ———— ———— ———— ———— ———— ———— ———— ———— ———— ————   ز

———— ———— ———— ———— ———— ———— ———— ———— ———— ———— ———— ————   س

———— ———— ———— ———— ———— ———— ———— ———— ———— ———— ———— ————   ش

———— ———— ———— ———— ———— ———— ———— ———— ———— ———— ———— ————   ص

———— ———— ———— ———— ———— ———— ———— ———— ———— ———— ———— ————   ض

二、聽錄音、寫字母 ▶ MP3-030

4.___ ؛   3.___ ؛   2.___ ؛   1.___ ؛

8.___ ؛   7.___ ؛   6.___ ؛   5.___ ؛

12.___ ؛   11.___ ؛   10.___ ؛   9.___ ؛

16.___   15.___ ؛   14.___ ؛   13.___ ؛

三、聽錄音，念單字 ▶ MP3-031

4. لذيذ	3. حذاء	2. دجاج	1. منديل
8. جزيرة	7. خبز	6. رجل	5. جزر
12. شمس	11. مشمش	10. سمكة	9. أناناس
16. ضيف	15. بيض	14. صورة	13. قميص

四、聽錄音，念句子 ▶ MP3-032

4. شكرا	3. فرصة سعيدة	2. البطيخ لذيذ	1. أنا مسرور بمعرفتك
8. عفوا	7. هو مدرس	6. هو زميلي	5. الصورة قديمة

五、連連看

這個西瓜很好吃。	•	•	أنا مسرور بمعرفتك.
幸會！	•	•	الصورة قديمة.
謝謝！	•	•	شكرا.
不客氣。	•	•	فرصة سعيدة.
我生病了。（陰性）	•	•	عفوا.
這張照片很老了。	•	•	هو مدرّس.
很高興認識你。	•	•	أنا مريض.
他是我的同學。	•	•	البطيخ لذيذ.
我生病了。（陽性）	•	•	أنا مريضة.
他是老師。	•	•	هو زميلي.

🌿 文化櫥窗

智慧宮

智慧宮的誕生

　　學習外語的我們，應該嘗試過將外國語言翻譯成中文，方便理解。那麼古代的阿拉伯世界，有沒有什麼機構是專門負責翻譯業務的呢？

　　中世紀的巴格達，就有這樣的一所翻譯機構，為世界文明的進展做出了不可磨滅的貢獻。在哈里發曼蘇爾（714-775，أبو جَعْفَـر المَنْصُور）於762年將巴格達建設為阿拔斯王朝（750-1258，الدولَـة العَبَاسِـيَّة）的首都時，哈里發宮廷內就充滿著基督教徒、波斯人、以及其他族群共同營造出的濃厚知識氛圍。哈里發甚至邀請印度代表團來到巴格達，分享印度的天文學和其他科學的文本，並命令屬下將印度的著作直接翻譯成阿拉伯文，隨後加以研究。同樣的方式，也運用於研究古希臘文化遺產上。為了用系統性的方式翻譯、研究大量的外文典籍，就需要建立一座國家級的機構，作為學者研究的場所。於是，「智慧宮」就這樣誕生了。

智慧宮裡有什麼？

　　在哈里發的戮力扶持下，智慧宮內設立了翻譯局、圖書館、藏書庫、研究院，用來保存及研究珍貴的波斯文、梵文、希臘文典籍。為了開展研究工作，哈里發派遣使者前往東羅馬帝國宮廷，索取古希臘典籍的抄本，因而成功獲得了柏拉圖、亞里斯多德、歐基里德、托勒密等人的著作。在統治者的獎勵制度下，阿拉伯人和波斯人等不同族群的學者之間，為了爭取官方的研究資助而相互競爭，因為「高品質的翻譯」著作能夠獲得巨額報酬。而此舉更直接激發出源源不絕的高品質研究。

智慧宮的黃金時代

在智慧宮建立的一百多年內，阿拉伯人將手頭上的希臘語科學、哲學著作都翻譯成阿拉伯語，因此阿拉伯語取代希臘語，成為中世紀強勢的學術語言。智慧宮在哈里發馬蒙（786-833，عَبْدُ الله المَأمُون）在位期間迎向了黃金時代。馬蒙在巴格達興建了一座附屬於智慧宮的天文台，並大力開展天文學測量和研究，在他的支持下，天文學測量技術有長足的進步，也連帶刺激了代數學的發展，後來代數學傳到了歐洲國家，代數的阿拉伯語（الجَبـر）就被英文直接採用，成為英文的代數（algebra）這個字，因此可以肯定，歐洲國家的代數學深受阿拉伯代數學的啟蒙。

智慧宮百年翻譯運動的裊裊餘音

智慧宮建立之後，阿拉伯人對於希臘、羅馬、波斯、印度的古籍展開了大量的翻譯及研究工作，此舉對古文明的保存產生非常大的貢獻，因為許多希臘、拉丁文手抄本翻譯成阿拉伯文之後，原文的典籍反而失傳了，之後歐洲人閱讀的柏拉圖、亞里斯多德等典籍，都是由後來的阿拉伯文翻譯本，重新翻譯成拉丁文，再次傳回歐洲的。哈里發馬蒙之後的漫長時代，阿拉伯語典籍透過東羅馬帝國、義大利南部、伊比利半島的學者重新翻譯成拉丁文後，再次進入歐洲人的視野，更直接影響十四世紀以降的文藝復興運動。往後的幾百年，學術研究的風氣蔓延到穆斯林統治的其他地區，諸如敘利亞、埃及、亞塞拜然、伊朗呼羅珊等地，在當地的圖書館或研究中心裡傳來的琅琅讀書聲、抑或宮廷裡的激烈辯論聲，似乎都是智慧宮百年翻譯運動的裊裊餘音。

يَومُ الثُّلَاثَاءِ

星期二

ثَلَاثَةُ أَزْوَاجٍ مِنَ الحُرُوفِ

三組成對的字母

經過兩天學習，我們對阿拉伯語字母更為熟悉了，星期二我們接著學習三對寫法類似的字母。這些字母分別是："ط"（ṭāʾ）、"ظ"（ẓāʾ）、"ع"（ʿayn）、"غ"（ghayn）、"ف"（fāʾ）、"ق"（qāf）。翻開下一頁，我們出發囉！

印刷體

發音：/t̪/　字母名稱：طاء (t̪ā)

● 發音部位與صاد相同。發音時嘴唇偏圓，舌頭後縮隆起，發出/t/的音。發音較字母تاء的發音/t/更為厚實。

字尾	字中	字首	獨立型
ط	ط	ط	ط

قِطّ	مَطَر	طِفْل	خَيَّاط
貓	雨	兒童	裁縫

寫寫看

			ط	ط

慣用語舉例

這份餐點很好吃。	الطَّعَامُ لَذِيذٌ.

印刷體

發音：/z̧/　字母名稱：ظاء (z̧āʾ)

發音要訣

● 發音時嘴唇偏圓，上下排牙齒咬住舌尖，舌頭後縮隆起，發出/z̧/的音。此字母和字母ذ的差別在於，後者在發音時，舌頭後方只要平放而不需隆起。

字尾	字中	字首	獨立型
ظ	ظ	ظ	ظ

مُسْتَيْقِظ	نَظَّارَة	ظُفْر	مَحْظُوظ
醒著的	眼鏡	指甲	幸運的

寫寫看

			ظ	ظ

慣用語舉例

午後。	بَعْدَ الظُّهْرِ.

印刷體

發音：/ ʿa/　　字母名稱：عين (ʿayn)

發音時，嘴唇扁平，氣流通過聲帶，發出 /ʿa/ 的音。發音時，喉嚨周圍的肌肉明顯有向外撐拉的緊繃感。

字尾	字中	字首	獨立型	不同位置寫法
ﻊ	ﻌ	ﻋ	ع	

字尾	字中	字首	獨立型	例字
بَائِعٌ	نِعْنَاعٌ	عَصِيرٌ	بَاعَ	
老闆	薄荷	果汁	賣（過去式）	

寫寫看

			ع	ع

慣用語舉例

我說阿拉伯語。	أَتَكَلَّمُ اللُّغَةَ العَرَبِيَّةَ.

印刷體

發音：/gh/　　字母名稱：غين (ghayn)

發音要訣

發音時，舌根要靠近軟顎，當氣流通過時會摩擦軟顎發出/gh/的音。
此字母與字母خاء發音位置相同，差別在於，發音時，خاء不會振動聲
帶，غين會振動聲帶。

字尾	字中	字首	獨立型
غ	ـغـ	غـ	غ

صَمْغْ	صَغِيرْ	غُرْفَة	دِماغْ
膠水	小的	房間	腦

寫寫看

			غ	غ

慣用語舉例

格珊今天缺席。	غَسَانْ غَائِبْ الْيَومَ.

▶ MP3-037

印刷體

發音：/f/　字母名稱：فاء(fā)

發音要訣

發音時，上排牙齒碰下嘴唇，發出/f/的音，近似英文字母f在英文單字food中的發音。此字母與字母باء發音位置相同，差別在於，發音時，باء會振動聲帶，فاء不會振動聲帶。

字尾	字中	字首	獨立型	不同位置寫法
ـف	ـفـ	فـ	ف	

خَرِيف	تُفَّاح	فِيل	خَرُوف	
秋天	蘋果	大象	綿羊	

寫寫看

			ف	ف

慣用語舉例

我很抱歉。（陽性，犯錯時說的）	أنا آسِف.
我很抱歉。（陰性，犯錯時說的）	أنا آسِفَة.

印刷體

發音：/q/　字母名稱：قاف (qāf)

發音要訣

- 發音時，舌根頂住軟顎，讓氣流在軟顎處中斷，發出 /q/ 的音，近似於英文字母 c 在英文單字 caw 中的發音。

字尾	字中	字首	獨立型
قـ	ـقـ	ق	ق

نَفَقٌ	بُرْتُقَالٌ	قَمِيصٌ	سُوقٌ
地下道	柳橙	襯衫	市場

寫寫看

				ق
				ق

慣用語舉例

這件襯衫很舊了。	هَذا القَمِيصُ قَدِيمٌ.

自我測驗

一、習寫三對寫法類似的字母

ط

ظ

ع

غ

ف

ق

二、聽錄音、寫字母 ▶ MP3-039

؛___.6   ؛___.5   ؛___.4   ؛___.3   ؛___.2   ؛___.1

___.12   ؛___.11   ؛___.10   ؛___.9   ؛___.8   ؛___.7

三、練習連寫字母

範例：أ ـ م = أم

• ب ـ ا ـ ب = _____   • ح ـ ا ـ ف ـ ت = _____

• د ـ ف ـ ت ـ ر = _____   • ج ـ ا ـ ج ـ د = _____

• ب ـ ح ـ ر = _____   • ز ـ ب ـ خ = _____

• ج ـ ز ـ ر = _____   • ا ـ ر ـ ك ـ ش = _____

• ظ ـ ف ـ ر = _____   • ب ـ ع ـ د = _____

• ظ ـ ه ـ ر = _____   • ن ـ ظ ـ ا ـ ر ـ ة = _____

• غ ـ ر ـ ف ـ ة = _____   • ب ـ ا ـ ع = _____

• ص ـ م ـ غ = _____

四、聽錄音，念單字 ▶ MP3-040

1. طفل 2.مطر	3. خروف	4. تفاح
5.نعناع 6.عصير	7.غرفة	8.صغير
9.ظفر 10.نظارة	11.قميص	12.برتقال

五、聽錄音，念句子 MP3-041

3. هذا القميص قديم   2.أتكلم اللغة العربية   1.الطعام لذيذ

6.أنا آسف   5.غسان غائب اليوم   4.بعد الظهر

7. أنا آسفة

六、連連看

我說阿拉伯語。	•	•	غسان غائب اليوم.
這件襯衫很舊。	•	•	الطعام لذيذ.
午後	•	•	أتكلم اللغة العربية.
我很抱歉。	•	•	هذا القميص قديم.
格珊今天缺席了。	•	•	بعد الظهر.
這道菜很好吃。	•	•	أنا آسف.

🌸 文化櫥窗

檸檬薄荷茶、咖啡、克拉克奶茶

　　台灣的手搖飲料，除了經典的珍珠奶茶之外，至今為止衍生出的創意新品，族繁不及備載。至於阿拉伯世界的飲料當中，則以檸檬薄荷茶、咖啡、克拉克奶茶的美妙滋味，最叫人魂牽夢縈。

檸檬薄荷茶（اللَّيمُون بالنِعْنَاع）

　　在阿拉伯國家乾燥炎熱的夏季，如果能進入裝潢活潑的現代餐廳或咖啡店，來一杯檸檬薄荷茶，暑氣想必頃刻間就能煙消雲散。檸檬與薄荷都是地中海國家盛產的植物，種植的歷史悠久，然而檸檬薄荷茶這種飲料，卻是1990年代才發明，且不過幾年，便席捲巴勒斯坦、約旦、黎巴嫩等地。以色列和巴勒斯坦人，對這種飲料的發明權爭執不休，這儼然成為了酸甜滋味背後的苦澀記憶。

　　檸檬薄荷茶的製作工序簡單，只要選擇新鮮的青檸檬，對半切下，擠出檸檬汁，加入兩倍的水、適量的糖和幾片新鮮薄荷葉，一起放到果汁機裡面絞碎，便大功告成。上桌前，可以切一片檸檬固定在玻璃杯杯沿，再放幾片薄荷葉在茶的表面，酸甜冰涼的滋味便足以讓人回味再三。若是更新潮的喝法，還會加入氣泡水，徹底解放味蕾。

咖啡（القَهْوَة）

　　阿拉伯傳統咖啡並不是所謂的「咖啡色」而是「金黃色」，且阿拉伯人偏好原味無糖咖啡。原味阿拉伯咖啡頗為苦澀，卻深受阿拉伯國家的人民歡迎，在阿拉伯半島、伊拉克、敘利亞、約旦、黎巴嫩、埃及等地都頗負盛

名。

　　咖啡由阿拉伯宗教人士於十五世紀從衣索比亞攜入葉門，起先用於改善胃口、提神，屬於上層階級的飲品，後來傳入民間，於是啜飲咖啡成為阿拉伯人的日常習慣。十五世紀時，咖啡傳到土耳其；十七世紀，傳到英國，自此以後，出現了土耳其、義大利、英國等摻入各個民族風情的咖啡口味。

　　儘管阿拉伯咖啡在2015年列入聯合國教科文組織的非物質文化遺產，但是咖啡傳入阿拉伯半島時並不是立刻就大受歡迎，期間甚至出現不小的反對聲浪，反對者也是保守宗教人士，其中一個反對理由，就是他們覺得喝咖啡和喝酒一樣，會使人酩酊大醉、精神委靡。然而，今天的咖啡早已成為尊榮的象徵，阿拉伯人會特別舉辦「咖啡座壇」，並搭配香甜的椰棗（تَمْر），大肆慶祝一番。好的阿拉伯咖啡，必須先將咖啡豆放到鍋子裡烘烤，隨後放入缽裡，用杵搗碎，再放入長柄咖啡壺（دَلَّة），混和丁香、綠豆蔻、番紅花，用水烹煮一陣子，此時就可以倒在小瓷杯中分享給貴客了。

克拉克奶茶（شَاي الكَرَك）

　　與台灣的珍珠奶茶不同，克拉克奶茶憑藉魅惑的香氣，以舶來品之姿，攻占阿拉伯餐廳菜單的關鍵位置。克拉克奶茶源於印度，從阿拉伯半島傳入敘利亞、約旦等地。

　　克拉克──（كَرَك），在巴基斯坦的烏爾都語（اللُّغَة الأُرديّة）中的意思是「雙重的」、「厚重的」，是針對茶香厚重濃郁的特點而言。奶茶的香氣濃烈，富有層次，作法卻一點也不複雜。只要將乾燥的紅茶粉末、綠豆蔻、丁香、薑粉、肉桂棒和水一起加熱，水滾後加入牛奶攪拌，起鍋前，在茶壺口上放一個篩網，過濾掉香料顆粒，讓口感更滑順，迷人的克拉克奶茶就準備好

了。印度的服務生喜歡把茶壺舉得高高的，當奶茶從壺嘴湧出，形成一道「瀑布」時，他們熟練地用杯子承接，奶茶卻一點都不會濺出杯子，極富視覺娛樂效果，這就是名符其實的「拉茶」了。

الحُرُوفُ السَّبْعَةُ الأَخِيرَةُ

最後七個字母

經過三天學習，我們已經攀越了一座高山，眼前的學習道路
會平坦許多。剩下的七個字母，發音非常容易掌握，這些字母是：
"ك"（kāf）、"ل"（lām）、"م"（mīm）、"ن"（nūn）、"ه"
（hāʾ）、"و"（wāw）、"ي"（yāʾ）。翻開下一頁，我們一起
加油吧！

印刷體

發音：/k/　字母名稱：كاف (kāf)

發音要訣

● 發音時，氣流摩擦軟顎，發出 /k/ 的音，近似英文字母 k 在英文單字 cake 的發音。

字尾	字中	字首	獨立型
ـك	ـكـ	كـ	ك

سَمَك	مَكْتَب	كِتَاب	مُبَارَك
魚類	辦公室、桌子	書	恭喜

寫寫看

			ك	ك

慣用語舉例

恭喜！	مُبَارَك！

印刷體

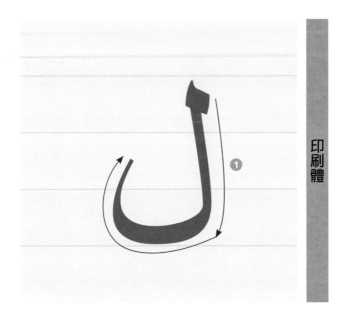

發音：/l/　字母名稱：لام (lām)

發音要訣

● 發音時，舌尖接觸上排牙齒的後方，發出 /l/ 的音，近似英文字母 l 在英文單字 look 中的發音。

字尾	字中	字首	獨立型
ل	ل	ل	ل

عَسَلْ	قَلْب	لَحْم	مَنْزِلْ
蜂蜜	心	肉	房子

寫寫看

			ل	ل

慣用語舉例

生日快樂！	عِيدُ مِيلَادِك سَعِيدٌ!

印刷體

發音：/m/　字母名稱：ميم (mīm)

● 發音時，上下唇接觸後，發出 /m/ 的音，近似英文字母 m 在英文單字 moon 中的發音。

字尾	字中	字首	獨立型
م	ـمـ	مـ	م

قَلَم	جَمِيل	مَكْتَب	عَام
筆	漂亮的	辦公室	年

寫寫看

			م	م

慣用語舉例

新年快樂！	كُلُّ عَامٍ وَأَنْتُمْ بِخَيرٍ!

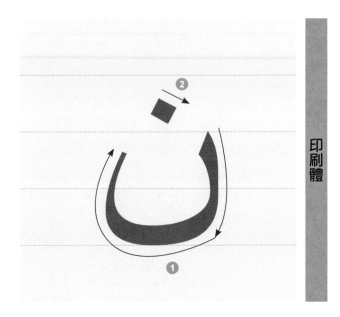

印刷體

發音：/n/　字母名稱：نُون (nūn)

發音要訣

● 發音時，舌尖上揚，碰觸上排牙齒後方，發出 /n/ 的音，近似英文字母 n 在英文單字 noon 中的發音。

	字尾	字中	字首	獨立型	
	ـن	ـنـ	نـ	ن	不同位置寫法

	字尾	字中	字首	獨立型	
	ثَمِين	عِنَب	نَظَّارَة	حِصَان	例字
	價值連城的	葡萄	眼鏡	馬	

寫寫看

				ن
			ن	

慣用語舉例

你現在在哪裡？	أَيْنَ أَنْتَ الآنَ؟

印刷體

①

發音：　　　字母名稱：

發音要訣

● 發音時，氣流通過喉嚨，發出 /h/ 的清澈氣音，近似英文字母 h 在英文單字 hi 中的發音。

字尾	字中	字首	獨立型
ـه	ـهـ	هـ	ه

例字

وَجْه	نَهْر	هُوَ	مِياه
臉	河流	他	水（複數）

寫寫看

			ه	ه

慣用語舉例

他是誰？	مَنْ هُوَ؟
他是穆罕默德。	هُوَ مُحَمَّد.

印刷體

發音：/w/　　字母名稱：واو (wāw)

發音要訣

● 發音時，上下唇形成一個圓形，發出 /w/ 的音，近似英文字母 w 在英文單字 we 中的發音。

字尾	字中	字首	獨立型	不同位置寫法
ـو	ـوـ	و	و	

字尾	字中	字首	獨立型	例字
دَلْوٌ	كُوبٌ	وَرَقَة	جَرْوٌ	
水桶	杯子	紙	小狗	

寫寫看

			و	و

慣用語舉例

歡迎歡迎！	أَهْلًا وَسَهْلًا!

印刷體

發音：/y/ 　　字母名稱：ياء (yā)

發音要訣

● 發音時，嘴型扁平，發出 /y/ 的音，近似英文字母 y 在英文單字 yes 中的發音。

字尾	字中	字首	獨立型
ـي	ـيـ	يـ	ي

例字

كُرْسِيّ	لَذِيذ	يَدٌ	شَايّ
椅子	好吃的	手	茶

寫寫看

			ي	ي

慣用語舉例

我們快走吧！	هَيَّا بِنَا!

自我測驗

一、習寫本課七個字母

ك
ل
م
ن
ه
و
ي

二、聽錄音、寫字母 ▶ MP3-049

؛___.5　؛___.4　؛___.3　؛___.2　؛___.1

؛___.10　؛___.9　؛___.8　؛___.7　؛___.6

___.14　؛___.13　؛___.12　؛___.11

三、練習連寫字母

範例： ك ـ ت ـ ا ـ ب = كتاب

- ب ـ ي ـ ت = _____
- ث ـ ل ـ ا ـ ث ـ ة = _____
- ج ـ م ـ ي ـ ل = _____
- ك ـ ث ـ ي ـ ر = _____
- ل ـ ذ ـ ي ـ ذ = _____
- ر ـ ج ـ ل = _____
- ش ـ م ـ س = _____
- ص ـ و ـ ر ـ ة = _____
- م ـ ر ـ ي ـ ض = _____
- ن ـ ع ـ ن ـ ا ـ ع = _____
- م ـ ن ـ ز ـ ل = _____
- ك ـ و ـ ب = _____
- و ـ ج ـ ه = _____
- ه ـ و = _____
- ك ـ ر ـ س ـ ي = _____

四、聽錄音，念單字 ▶ MP3-050

1. مطر   2.طفل   3. خروف   4. تفاح

5.عصير   6.نعناع   7.غرفة   8.صغير

9.نظارة   10.ظفر   11.قميص   12.برتقال

五、聽錄音，念句子 ▶ MP3-051

1.أهلا وسهلا!   2. هيا بنا!   3. أين أنت الآن؟   4 مبارك!

5.من هو؟   6. كل عام وأنتم بخير!   7. عيد ميلادك سعيد!

8. هو محمد

六、連連看

中文			阿拉伯文
新年快樂！	•	•	مبارك!
他是誰？	•	•	عيد ميلادك سعيد!
歡迎歡迎！	•	•	كل عام وأنتم بخير!
恭喜！	•	•	أين أنت الآن؟
他是穆罕默德。	•	•	هيا بنا!
生日快樂！	•	•	من هو؟
你現在在哪裡？	•	•	هو محمد.
我們走吧！	•	•	أهلا وسهلا!

🌼 文化櫥窗

關於齋戒的種種

齋戒是什麼？

　　齋戒（الصِّيَام）是伊斯蘭教的五個功德之一（「五功」分別是：念、禮、齋、課、朝），在穆斯林心中有舉足輕重的地位。每年的伊斯蘭曆九月起，接下來的二十九或三十天的時間，稱之為伊斯蘭教的齋戒月。齋戒月期間，從日出到日落不得進食、喝飲料、行房事，某些嚴格遵守規定的穆斯林，甚至不能吞嚥口水。

齋戒月的開始與結束

　　伊斯蘭教教長會在伊斯蘭曆的八月二十九號確定是否觀察到了新月，如果觀察到新月，隔天起就是齋戒月（رَمَضَان），如果二十九號沒看到，隔天就是八月三十號，再過一天才是齋戒月的頭一天。齋戒月結束日期，仍然得依照月相而訂，過了二十九天再次觀察到新月的話，齋戒月即宣告結束，否則就必須再延長一天，直到確定新月出現為止。齋戒月結束的當天，穆斯林即開始慶祝開齋節（عَيد الفِطر）。

　　齋戒月開始和結束的時間必須遵循伊斯蘭曆法，而伊斯蘭曆法是陰曆系統，大月三十天，小月二十九天，所以伊斯蘭曆法每年會比西方曆法提前十天，也就是說，每年伊斯蘭曆中的九月，在西方曆法中會比前一年提前十天。如果一個穆斯林活得夠久，他就一定會經歷春夏秋冬四季的齋戒月。

齋戒月期間的作息

齋戒月期間，白天禁止飲食稱為「封齋」（الإمْسَاك），日落後允許進食稱為「開齋」（الإفْطَار）。開齋和封齋的確切時間，只要聽到清真寺教長在宣禮塔上的喚拜聲就知道了，各國政府也會針對齋戒月的禮拜時間彙整專用的時間表，供信徒查詢。由於齋戒月期間，早上禁食禁水，人們的精神狀況、耐心普遍較差，連帶影響工作效率，所以這段期間阿拉伯國家的辦公時間都會縮短。除了少數的行業，公家機關和民間公司行號一般都晚辦公、早下班。世界上其他地方的商人，通常也會極力避免在齋戒月談生意。

齋戒月期間，餐廳在白天都會關門，直到日落開齋才開始做生意。在開齋前半小時，餐廳前的座位就已經開始有食客陸陸續續就坐，等到教長在日落時的喚拜聲響起，每個人先吃個熟椰棗、喝口水，之後才開始享用正餐。夜生活才是齋戒月的主軸，購物商場常常門庭若市，超市中也會販賣齋戒月期間限定的食品飲料，比如果乾、堅果和椰棗；羅旺子茶、甘草茶和洛神花茶，喧鬧的氣氛經常持續到半夜。儘管齋戒月倡導節制物質欲望，以體恤窮人生活的艱苦，但現實中，阿拉伯人常常在齋戒月期間暴飲暴食，因腸胃不適進醫院者所在多有，且因為作息日夜顛倒，早上辦公時效率往往不高。

齋戒月期間的特殊現象

齋戒月期間，有一些人在半夜時步行在大街上，用棒子敲擊著水桶的底部，嘴裡念念有詞，提醒酣睡中的人們起來吃黎明前的最後一餐。用餐後沒多久，教長的晨間喚拜聲就響起了，禮拜後，眾人睡回籠覺，直到天明。那些敲水桶的人，會在開齋節後挨家挨戶按門鈴，要求賞賜；而清真寺在齋戒月期間，則會在每天開齋時無償分送食物給禮拜的信眾。

齋戒規定的變通之道

　　齋戒的規定是可以變通和調整的。比如，孕婦和糖尿病病人就可以不必齋戒，以免影響健康；另外，坐在飛機上的乘客，也可以要求空服員在特定的時間開始送餐，以免違反宗教戒律。或許有人會好奇，生活在北圈內的穆斯林，碰到永晝或永夜時，如何確定封齋和開齋的時間？針對這個特殊狀況，當地的教長可以遵循麥加的封齋時間；也可以遵循同個時區之內主要城市的封齋時間來訂定，開齋時間也是同樣的道理，如此一來，永晝或永夜就不會干擾信徒實踐齋戒月的宗教功課了。

يَومُ الخَمِيسِ

星期四

كَيْفَ حَالُكَ؟

你好嗎？

التَّحِيَّاتُ، وتَقْدِيمُ النَّفْسِ

學習目標：問候與自我介紹

　　恭喜各位學會了所有字母的發音。星期四的課程中，我們要進階學習「問候語」、「自我介紹」等內容，並且以句型（公式）→對話（演練）→文法（解說）的模組呈現，讓您輕鬆且有效率地學習阿拉伯語。準備好了嗎？我們開始囉！

句型 1 ▶ MP3-52

你叫什麼名字？

مَا اسْمُكَ؟

我叫穆斯達發。

اِسْمِي مُصْطَفَى.

對話 1-1： ▶ MP3-53

哈桑：你好。	حَسَنٌ: السَّلامُ عَلَيكُم.
穆斯達發：你好。	مُصْطَفَى: وَعَلَيكُم السَّلام.
哈桑：我叫哈桑，你叫什麼名字？	حسن: اِسْمِي حَسَنٌ، ما اسْمُكَ؟
穆斯達發：我叫穆斯達發。	مصطفى: اسمي مُصْطَفَى.
哈桑：你好嗎？	حسن: كَيْفَ حَالُكَ؟
穆斯達發：很好，感謝真主。你呢，你好嗎？	مصطفى: أنا بِخَيرٍ، وَالحَمْدُ لله. وَكَيْفَ حَالُكَ أنْتَ؟
哈桑：很好，感謝真主。	حسن: أَنَا بِخَيرٍ، وَالحَمْدُ لله.

110

對話 1-2： ▶ MP3-54

法蒂瑪：你好。	فَاطِمَةُ: السَّلَامُ عَلَيكُم.
芭斯瑪：你好。	بَسْمَةُ: وَعَلَيكُم السَّلَام.
法蒂瑪：我叫法蒂瑪，妳叫什麼名字？	فاطمة: اِسْمِي فَاطِمَةُ، ما اسمُكِ؟
芭斯瑪：我叫芭斯瑪。	بسمة: اسمي بَسْمَةُ.
法蒂瑪：妳好嗎？	فاطمة: كَيْفَ حَالُكِ؟
芭斯瑪：很好，感謝真主。妳呢，妳好嗎？	بسمة: أَنَا بِخَيْرٍ، وَالحَمْدُ للهِ، وَكَيْفَ حَالُكِ أَنْتِ؟
法蒂瑪：很好，感謝真主。	فاطمة: أَنَا بِخَيْرٍ، وَالحَمْدُ للهِ.

🌿 文法 1-1：所有格人稱代名詞

　　表示從屬關係的「所有格人稱代名詞」，要緊接在名詞後面，茲將上述
對話中學到的「所有格人稱代名詞」整理如下：

第一人稱	（我的）ي	
第二人稱	（妳的）كِ	（你的）كَ
第三人稱	（她的）هَا	（他的）ـهُ

（我的名字）اِسْمي	
（妳的名字）اِسْمُكِ	（你的名字）اِسْمُكَ
（她的名字）اِسْمُهَا	（他的名字）اِسْمُهُ

（我的狀況）حَالي	
（妳的狀況）حَالُكِ	（你的狀況）حَالُكَ
（她的狀況）حَالُهَا	（他的狀況）حَالُهُ

⚜ 文法 1-2：名詞的「確指」與「泛指」

「確指」的意思就是某人或某物的範圍已經「限定」了，像是中文裡的「這個……」；「那個……」。而「泛指」則相當於中文裡的「一個……」；「某個……」。

「泛指名詞」指的是沒有定冠詞的名詞（不包括人名）。當泛指名詞前面加上定冠詞「الـ」，或後面加上「所有格人稱代名詞」，就會變成「確指名詞」，以下是泛指名詞和確指名詞的差別：

حَالٌ（某種狀況、一種狀況）	اِسْمٌ（某個名字、一個名字）	泛指名詞
اَلْحَالُ（這種狀況）	اَلْاِسْمُ（這個名字）	確指名詞（冠詞＋泛指名詞）
حَالُكَ（你的狀況）	اِسْمُكَ（你的名字）	確指名詞（泛指名詞＋所有格人稱代名詞）

📖 文法 1-3：句子結構

1-3-1 直述句

所謂的直述句，即為「主語＋謂語」的結構。

謂語	主語
فاطمةُ	اِسْمي
法蒂瑪	我叫做

1-3-2 疑問句

本課的疑問句，結構為「疑問詞＋名詞」。

名詞	疑問詞
حَالُكِ؟	كَيفَ
妳的狀況如何？（妳好嗎？）	

名詞	疑問詞
اِسمُكِ؟	ما
妳的名字是什麼？（妳叫什麼名字？）	

我們可以試著變化這兩個句子中的代名詞： ▶ MP3-55

| كَيفَ حَالُكِ؟
（妳好嗎？） | كَيفَ حَالُكَ؟
（你好嗎？） |
| كَيفَ حَالُهَا؟
（她好嗎？） | كَيفَ حَالُهُ؟
（他好嗎？） |

| مَا اِسمُكِ؟
（妳叫什麼名字？） | مَا اِسمُكَ؟
（你叫什麼名字？） |
| مَا اِسمُهَا؟
（她叫什麼名字？） | مَا اِسِمُهُ؟
（他叫什麼名字？） |

🌺 文法 1-4：連音

　　句型1中我們可以看到「اسْـمي」的字母「ا」下方標示「ـِ」/i/的發音，這個「ا」有一個專有名稱叫做「هَمـزَة الوَصـل」（連接的漢目宰），這個字母的特殊功能，就是和前面的字母連讀，也就是說，如果這個字母前面出現其他字母，這時，不管字母「ا」上標了甚麼發音，都不發音；但如果這個字母前面沒有其他字母的時候，就必須搭配阿拉伯語的其中一個短母音一起發音。比如疑問句「مـا اسْـمُكَ؟」中，疑問詞「ما」在字母「ا」前面，這個時候字母「ا」下方的「ـِ」/i/發音就會消失，而且必須和前面的疑問詞連音，也就是說，疑問句「مـا اسْـمُكَ؟」必須念/ma-smuka/而不念/ma-ismuka/，因為/i/的發音，在連音時被前面的疑問詞同化了。

句型 2 ▶ MP3-56

我來自台灣。	أَنَا مِنْ تَايوَانَ.
我是台灣人。	أَنَا تَايْوَانِيٌّ.

🌸 對話 2-1 : ▶ MP3-57

哈桑：你好。	حَسَنٌ: السَّلام عَلَيكُم.
穆斯達發：你好。	مُصْطَفَى: وَعَلَيكُم السَّلام.
哈桑：你從哪裡來？	حسن: مِنْ أَيْنَ أَنْتَ؟
穆斯達發：我來自台灣，我是台灣人。你呢？	مصطفى: أَنَا مِنْ تَايوَانَ، أَنَا تَايْوَانِيٌّ. وَأَنْتَ؟
哈桑：我來自約旦，我是約旦人。	حسن: أَنَا مِن الأَرْدُنِ، أَنَا أُرْدُنِيٌّ.
穆斯達發：歡迎歡迎！	مصطفى: أَهْلًا وَسَهْلًا.

🌸 對話 2-2： ▶ MP3-058

法蒂瑪：你好。	فاطمة: السَّلام عَلَيكُم.
芭斯瑪：你好。	بسمة: وَعَلَيكُم السَّلام.
法蒂瑪：你從哪裡來？	فاطمة: مِنْ أَيْنَ أَنْتِ؟
芭斯瑪：我來自台灣，我是台灣人。你呢？	بسمة: أَنَا مِنْ مِصرَ، أَنَا مِصرِيَّةٌ. وَأَنْتِ؟
法蒂瑪：我來自約旦，我是約旦人。	فاطمة: أَنَا مِن الأَرْدُنِ، أَنَا أُرْدُنِيَّةٌ.
芭斯瑪：歡迎歡迎！	بسمة: أَهْلًا وَسَهْلًا.

🌸 文法 2：國家名稱與國籍

　　要詢問別人「從哪裡來」的句型，由「مِنْ أَيْنَ」+「主格人稱代名詞」構成，請看下方表格： ▶ MP3-059

你從哪裡來？	من أين أنتَ؟
妳從哪裡來？	من أين أنتِ؟
他從哪裡來？	من أين هُوَ؟
她從哪裡來？	من أين هِيَ؟

回答自己「來自哪裡」，自己「國籍是什麼」，這兩種表達方式請見下表： ▶ MP3-60

説話者為女性	説話者為男性
أَنَا مِن مِصْرَ （我來自埃及。）	أَنا مِنْ مِصْرَ （我來自埃及。）
أَنَا مِصْرِيَّةٌ （我是埃及人。）	أَنَا مِصْرِيٌّ （我是埃及人。）
أَنتِ من الأُرْدُنِ （妳來自約旦。）	أَنتَ من الأُرْدُنِ （你來自約旦。）
أَنتِ أُرْدُنِيَّةٌ （妳是約旦人。）	أَنتَ أُرْدُنِيٌّ （你是約旦人。）

可以把答句的代名詞換成「他」或「她」，但須同時變化國籍的陰陽性。

另外，對話中提到的兩個國家：「تَايْوَان」（台灣）、「مِصْر」（埃及），這兩個單字的尾音是不完全變化，當這兩個單字放在介係詞後面時，必須標上所有格的尾音「ـَ」/a/，而不是「ـِ」/i/，請特別留意；對話中另一個尾音完全變化的單字「الأُرْدُن」（約旦）放在介係詞後面時，則必須標上所有格的尾音「ـِ」/i/。

句型 3 ▶ MP3-061

他是馬赫穆德。	هُوَ مَحْمُودٌ.
他是老師。	هُوَ مُعَلِّمٌ.

對話 3-1： ▶ MP3-062

穆斯達發：你好。	مصطفى: السَّلامُ عَلَيكُم.
哈桑：你好。	حسن: وَعَلَيكُم السَّلام.
穆斯達發：他是馬赫穆德，他是老師。	مصطفى: هُوَ مَحْمُودٌ، وهُوَ مُعَلِّمٌ.
哈桑：幸會。	حسن: فُرْصَةٌ سَعِيْدَةٌ.
穆斯達發：他是哈桑，他是學生。	مصطفى: هُوَ حسن، وَهُوَ طَالِبٌ.
馬赫穆德：幸會。	مَحْمُود: فُرْصَةٌ سَعِيْدَةٌ.

對話 3-2：　▶ MP3-063

法蒂瑪：你好。	فاطمة: السَّلَامُ عَلَيكُمْ.
芭斯瑪：你好。	بسمة: وَعَلَيكُم السَّلام.
法蒂瑪：她是拉蒂法，她是老師。	فاطمة: هِيَ لَطِيْفَةٌ، وهِيَ مُعَلِّمَةٌ.
芭斯瑪：幸會。	بسمة: فُرْصَةٌ سَعِيْدَةٌ.
法蒂瑪：她是芭斯瑪，她是學生。	فاطمة: هي بسمة، وهِيَ طَالِبَةٌ.
拉蒂法：幸會。	لَطِيْفَةُ: فُرْصَةٌ سَعِيْدَةٌ.

文法 3-1：主語和謂語的陰陽性

主語「主格人稱代名詞」的陰陽性，必須與謂語的陰陽性一致，比如：

▶ MP3-064

他是男老師。	هُوَ مُعَلِّمٌ.
她是女老師。	هِيَ مُعَلِّمَةٌ.

謂語「老師」的陰陽性，要依照主格人稱代名詞的陰陽性調整，所以當主格人稱代名詞為陰性的「她」時，別忘了在謂語「老師」的字尾加上陰性標記「ة」喔！

接下來，我們把之前學過的問句與答句更換人稱代名詞，來個總複習：

▶ MP3-065

我很好，感謝真主。	أَنَا بِخَيرٍ، وَالحَمْدُ لله.	你好嗎？	كَيفَ حَالُكَ؟
我很好，感謝真主。	أَنَا بِخَيرٍ، وَالحَمْدُ لله.	妳好嗎？	كَيفَ حَالُكِ؟
他很好，感謝真主。	هُوَ بِخَيرٍ، وَالحَمْدُ لله.	他好嗎？	كَيفَ حَالُهُ؟
她很好，感謝真主。	هِيَ بِخَيرٍ، وَالحَمْدُ لله.	她好嗎？	كَيفَ حَالُهَا؟
我叫穆斯達發。	اِسمي مُصطَفَى.	你叫什麼名字？	مَا اسمُكَ؟
我叫法蒂瑪。	اِسمي فَاطِمَةُ.	妳叫什麼名字？	مَا اسمُكِ؟
他叫哈桑。	اِسمُهُ حَسَنٌ.	他叫什麼名字？	مَا اسمُهُ؟
她叫芭斯瑪。	اِسمُهَا بَسمَةُ.	她叫什麼名字？	ما اسمُهَا؟
我是約旦人。	أَنَا أُردُنِيٌّ.	我來自約旦。	أَنَا مِنْ الأُردُنِ.
我是約旦人。	أَنَا أُردُنِيَّةٌ.	我來自約旦。	أَنَا من الأُردُن.
你是埃及人。	أنتَ مِصرِيٌّ.	你來自埃及。	أنتَ من مِصرَ.
妳是埃及人。	أَنتِ مِصرِيَّةٌ.	妳來自埃及。	أنتِ من مِصر.
他是台灣人。	هُوَ تَايْوانِيٌّ.	他來自台灣。	هُو مِن تَايْوَانَ.
她是台灣人。	هِيَ تَايْوانِيَّةٌ.	她來自台灣。	هِيَ مِن تَايْوَان.

我是女老師。	أَنَا مُعَلِّمَةٌ.	我是男老師。	أَنَا مُعَلِّمٌ.
妳是女老師。	أَنْتِ مُعَلِّمَةٌ.	你是男老師。	أَنْتَ مُعَلِّمٌ.
她是女老師。	هِيَ مُعَلِّمَةٌ.	他是男老師。	هُوَ مُعَلِّمٌ.
我是女學生。	أَنَا طَالِبَةٌ.	我是男學生。	أَنَا طَالِبٌ.
妳是女學生。	أَنْتِ طَالِبَةٌ.	你是男學生。	أَنْتَ طَالِبٌ.
她是女學生。	هِيَ طَالِبَةٌ.	他是男學生。	هُوَ طَالِبٌ.

延伸學習 1

國家名稱、國籍、語言 MP3-066

3. 語言		2. 國籍		1. 國家名稱	
英語	اللُّغَةُ الْإِنْجِلِيزِيَّةُ	美國人	أَمْرِيكِيٌّ أَمْرِيكِيَّةٌ	美國	أَمرِيكَا
		英國人	بِرِيطَانِيٌّ بِرِيطَانِيَّةٌ	英國	بِرِيطَانِيَا
		澳洲人	أُسْتُرَالِيٌّ أُسْتُرَالِيَّةٌ	澳大利亞	أُسْتُرَالِيَا
德語	اللغةُ الْأَلْمَانِيَّةُ	德國人	أَلْمَانِيٌّ أَلْمَانِيَّةٌ	德國	أَلْمَانِيَا
西班牙語	اللغةُ الْإِسْبَانِيَّةُ	西班牙人	إِسْبَانِيٌّ إسبانِيَّةٌ	西班牙	إِسْبَانِيَا
法語	اللغةُ الْفَرَنْسِيَّةُ	法國人	فَرَنسِيٌّ فَرَنْسِيَّةٌ	法國	فَرَنْسَا

3. 語言		2. 國籍		1. 國家名稱	
義大利語	اللغةُ الإيطَالِيَّةُ	義大利人	إِيطَالِيٌّ إِيطَالِيَّةٌ	義大利	إِيطَالِيَا
日語	اللغةُ اليَابَانِيَّةُ	日本人	يَابَانِيٌّ يَابَانِيَّةٌ	日本	اليَابَانُ
韓語	اللغةُ الكُورِيَّةُ	韓國人	كُورِيٌّ كُورِيَةٌ	韓國	كُورِيَا
漢語	اللغةُ الصِّينِيَّةُ	中國人	صِينِيٌّ صِينِيَّةٌ	中國	الصِّينُ
泰語	اللغةُ التَّايْلَانْدِيَّةُ	泰國人	تَايْلَانْدِيٌّ تَايْلَانْدِيَّةٌ	泰國	تَايْلَانْدُ
越南語	اللغةُ الفِيتْنَامِيَّةُ	越南人	فِيتْنَامِيٌّ فِيتْنَامِيَّةٌ	越南	فِيتْنَامُ
印尼語	اللغةُ الإنْدُونِيسِيَّةُ	印尼人	إِنْدُونِيسِيٌّ إِنْدُونِيسِيَّةٌ	印尼	إِنْدُونِيسِيَا

3. 語言		2. 國籍		1. 國家名稱	
葡萄牙語	اللغةُ البُرْتُغالِيَّةُ	巴西人	بَرَازِيلِيٌّ بَرَازِيلِيَّةٌ	巴西	بَرَازِيلُ
阿拉伯語	اللغةُ الْعَرَبِيَّةُ	黎巴嫩人	لُبْنَانِيٌّ لُبْنَانِيَّةٌ	黎巴嫩	لُبْنَانُ
		摩洛哥人	مَغْرِبِيٌّ مَغْرِبِيَّةٌ	摩洛哥	الْمَغْرِبُ
		卡達人	قَطَرِيٌّ قَطَرِيَّةٌ	卡達	قَطَرُ
		伊拉克人	عِرَاقِيٌّ عِرَاقِيَّةٌ	伊拉克	الْعِرَاقُ
		巴勒斯坦人	فِلَسْطِينِيٌّ فِلَسْطِينِيَّةٌ	巴勒斯坦	فِلَسْطِينُ
		阿爾及利亞人	جَزَائِرِيٌّ جَزَائِرِيَّةٌ	阿爾及利亞	الْجَزَائِرُ
		突尼西亞人	تُونِسِيٌّ تُونِسِيَّةٌ	突尼西亞	تُونِسُ

3. 語言		2. 國籍		1. 國家名稱	
阿拉伯語	اللغةُ العَرَبِيَّةُ	敘利亞人	سُورِيٌّ سُورِيَّةٌ	敘利亞	سُورِيَا
		科威特人	كُوِيتِيٌّ كُوِيتِيَّةٌ	科威特	الكُوِيتُ
		沙烏地人	سُعُودِيٌّ سُعُودِيَّةٌ	沙烏地阿拉伯王國	المَمْلَكَةُ العَرَبِيَّةُ السُعُودِيَّةُ
		聯合大公國人	إِمَارَاتِيٌّ إِمَارَاتِيَّةٌ	阿拉伯聯合大公國	الإِمَارَاتُ العَرَبِيَّةُ المُتَّحِدَةُ

🌸 延伸學習 2

問候語 ▶ MP3-067

2-1. 打招呼

你好。（問候）	السَّلام عَلَيكُم.
你好。（回答）	وَعَلَيكم السَّلامُ.
你好嗎／妳好嗎？	كَيفَ حَالُكَ / كَيفَ حَالُكِ؟
我很好，感謝真主。	أَنَا بِخَيرٍ، والحَمْدُ لله.
早安。（問候）	صَبَاحُ الخَيرِ.
早安。（回答）	صَبَاحُ النُّورِ.
午安、晚安。（問候）	مَسَاءُ الخَيرِ.
午安、晚安。（回答）	مَسَاءُ النُّورِ.

2-2. 歡迎用語

歡迎你（妳）！	مَرْحَبًا بكَ(بكِ).
歡迎歡迎！	أَهْلًا وَسَهلًا.

2-3. 初次見面

很高興認識你（妳）。	أَنَا مَسرُورٌ بِمَعرِفَتِكَ(كِ).
幸會。（問候、回答）	فُرْصَةٌ سَعِيدَةٌ.

2-4. 道別

再見。	مَعَ السَّلَامَةِ.
再見。	إلى اللِّقَاءِ.

2-5. 祝賀

恭喜！	مُبَارَكٌ!
宰牲節快樂！	عِيْدُ الفِطْرِ مُبَارَكٌ!
開齋節快樂！	عِيْدُ الأَضْحَى مُبَارَكٌ!
新年快樂！	كُلُّ عَامٍ وَأَنْتُم بِخَيْرٍ!
祝你（妳）生日快樂！	عِيْدُ مِيْلَادِكَ(كِ) سَعِيْدٌ!
旅途愉快！	رِحْلَةً سَعِيْدَةً!
請慢用。	صِحَّتَيْن وعَافِيَةً.

2-6. 道謝

謝謝！	شُكْرًا!
不客氣！	عَفْوًا!

2-7. 其他

祝你（妳）早日康復！	شَفَاكَ(كِ) اللهُ.
我（男性）很抱歉。 我（女性）很抱歉。（犯錯道歉）	أَنَا آسِفٌ. أنا آسِفَةٌ.
真遺憾。（事與願違）	مَعَ الأَسَفِ.
但願事情如此。	إنْ شَاءَ اللهُ.
真棒！太好了！	مَا شَاءَ اللهُ!

❧ 自我測驗

一、完成對話

1. السلام عليكم.
_____.

2. كيف حالكَ(كِ)؟
_____.

3. فرصة سعيدة.
_____.

4. شكرا.
_____.

5. مع السلامة.
_____.

6. صباح الخير.
_____.

7. مساء الخير.
_____.

二、選出符合圖片的句子

هي معلّمةٌ	رحلة سعيدة
إلى اللقاء	هو من إندونيسيا

1.

_____ .

3.

_____ .

2.

_____ .

4.

_____ .

三、代換練習 ▶ MP3-068

هُوَ　من　تايوان،　هو　تايواني.

(　)　من　(　)　(　)　(　).

مَالِيزِيّة.*	أنتِ	مَالِيزِيا	أنتِ
تُونِسِيّ.	هُوَ	تُونِس	هُوَ
جَزَائِريّة.	هِيَ	الجَزَائِر	هِيَ
فَرنْسِيّ.	أنا	فَرنْسَا	أنا
أمرِيكِيّ.	أنْتَ	أمْرِيكَا	أنْتَ

(من)

* 「مَالِيزِيا」（馬來西亞）；「مَالِيزِيّة」（馬來西亞人）

ما　اسمك؟　اسمي　حسنٌ.

ما　اِسْمُ(　)؟　اسمـ(　)　(　).

فَاطِمَةُ.	ـهَا	ـهَا؟
مُصطَفى.	ـهُ	ـهُ؟
بَسْمَةُ.	ـي	ـكِ؟
حَسَنٌ.	ـي	ـكَ؟

إسْمـ　اسمُ　ما

四、聽錄音，跟著唸片語

2. أنا بخير، والحمد لله	1. كيف حالك؟
4. فرصة سعيدة	3. مرحبا بكَ(بكِ)
6. إلى اللقاء	5. مع السلامة
8. عيد الأضحى مبارك	7. عيد الفطر مبارك
10. عيد ميلادك سعيد	9. كل عام وأنتم بخير
12. صحّتين وعافية	11. رحلة سعيدة
14. إن شاء الله	13. مع الأسف
16. شفاك الله	15. ما شاء الله
18. أنا آسفة	17. أنا آسف

五、連連看

你好。（問候）	• •	السلام عليكم.
恭喜！	• •	وعليكم السلام.
開齋節快樂！	• •	كيف حالكَ/كيف حالكِ؟
我很好，感謝真主。	• •	أنا بخير، والحمد لله.
幸會！（問候、回答）	• •	فرصة سعيدة.
再見。	• •	مع السلامة.
新年快樂！	• •	إلى اللقاء.
你好。（回答）	• •	مبارك!
請慢用。	• •	عيد الفطر مبارك!
你好嗎 / 妳好嗎？	• •	عيد الأضحى مبارك!
再見。	• •	كل عام وأنتم بخير!
真遺憾。（事與願違）	• •	عيد ميلادكَ(كِ) سعيد!
但願事情如此。	• •	رحلة سعيدة!
宰牲節快樂！	• •	صحتين وعافية.
真棒！太好了！	• •	شفاكَ(كِ) الله.
生日快樂！	• •	أنا آسف.
祝你（妳）早日康復	• •	أنا آسفة.
我（女性）很抱歉！（犯錯道歉）	• •	مع الأسف.
旅途愉快！	• •	إن شاء الله.
我（男性）很抱歉！	• •	ما شاء الله.

🌿 文化櫥窗

朝覲

麥加與朝覲

　　麥加（مَكَّة المُكَرَّمَـة）是伊斯蘭教的聖地，如果是虔誠的穆斯林，在經濟、身體狀況都允許的情況下，一生至少要去麥加朝覲（الحَـجّ）一次。朝覲是穆斯林需恪守的義務之一，從每年伊斯蘭曆法的十二月（ذُوالحِجَّـة）的第八天起，世界各地的穆斯林就會齊聚麥加，參與這個洗滌心靈的精神盛會。

朝覲流程

　　朝覲前，男女先沐浴，後穿上「戒衣」（الإحْـرَام），男性戒衣是用兩塊白布分別遮處上、下半身；女性戒衣的顏色則無強制規定，但需露出臉蛋和手掌，素淨平實的衣服象徵所有信眾不分貴賤，一律平等。

　　朝覲儀式持續數天，十二月八號抵達麥加大清真寺，逆時鐘繞行（الطَّوَاف）「天房」（الكَعْبَة）七圈。繞行途中，稱頌真主偉大、獨一、澤披萬物。每繞完一圈可以親吻天房的「黑石」（الحَجَـر الأسْـوَد），繞行完天房七圈後，飲用「滲滲泉水」（زَمْـزَم），隨即前往大清真寺範圍內的「薩發」（الصَفا）以及「瑪爾瓦」（المَـروة）兩座小丘之間來回跑七趟，模擬當初「易卜拉辛」（إبراهيم）的侍妾「夏甲」（هَاجَـر）於沙漠中替兒子「伊斯瑪義」（إسماعيل）找尋水源時的焦急心情。

離開麥加

　　十二月九號，穆斯林從麥加出發，途經「米納」（مِنَـى）山谷，前往「阿拉法特山」（جَبَـل عَرَفـة）冥想、禱告。這個階段的儀式為整個朝覲活動

的核心，任何一個穆斯林如果沒在阿拉法特山山區的範圍內祝禱，該次朝覲就是完全無效的。十二月九號日落時，信眾離開阿拉法特山，前往「穆茲達利法」（مُزْدَلِفَة）過夜。

宰牲節（عَيد الأضْحَى）

十二月十號，信徒從穆茲達利法撿拾七十個小石子，隨後返回米納山谷，向「惡魔石柱」投擲小石子（رمي الجَمَـرات），此舉象徵易卜拉辛奉神之命，用石頭抵抗惡魔，與邪靈劃清界線。儀式結束後隨即返回麥加，連續四天的宰牲節便拉開序幕。至於什麼是宰牲節呢？據傳，易卜拉辛本來要以自己的兒子獻祭，表達對真主的虔敬之心，後來在天使的指示下，以羊隻代替兒子犧牲，這個故事就是現今宰牲節的由來。而十二月十號當天宰殺的動物，會以信徒的名義，由屠宰場捐贈給慈善機構，最後分送給窮苦人家。

告別天房的最後繞行

宰牲節當天，信徒回到麥加大清真寺，再次繞行天房七圈，隨後前往米納山谷過夜。十二月十一、十二號，信徒重複丟石頭的儀式，在十二號日落之前離開米納山谷返回麥加。十三號，最後一次繞行天房七圈，以示告別（طَوَاف الوَدَاع）。

以上為大朝覲的全部過程。除了大朝覲之外，還有所謂的小朝覲，兩者的不同之處在於，大朝覲專指每年的十二月八號到十三號這段期間進行的朝覲儀式，而其他日子進行的朝覲則是小朝覲；大朝覲往往歷時數天，然而小朝覲幾小時內便結束，因為小朝覲不會經過阿拉法特山。

朝覲──世界性的宗教活動

由於穆斯林人口眾多，麥加空間有限，所以朝覲的名額會依據各國穆斯林人口比例分配。為此，沙烏地阿拉伯政府特別設立了朝覲部（وزَارَة الحَج والعُمْرَة）

負責大朝覲和小朝覲的相關事項，比如審核朝覲申請、安排住宿、機場接駁等等。2020年以來，由於新冠病毒肆虐全球，沙烏地阿拉伯政府將朝覲資格限制在沙烏地阿拉伯國民、境內居留的外籍人士，此舉使得朝覲人數在2020和2021兩年暴跌至幾萬人，與前幾年動輒超過百萬人的盛況相比，不可同日而語。

　　朝覲月期間，全世界各種膚色的穆斯林齊聚一堂，超越種族的藩籬，交流彼此的生活經驗、信仰實踐心得；對政府而言，朝覲月的收入，對地方經濟絕對有莫大的助益。

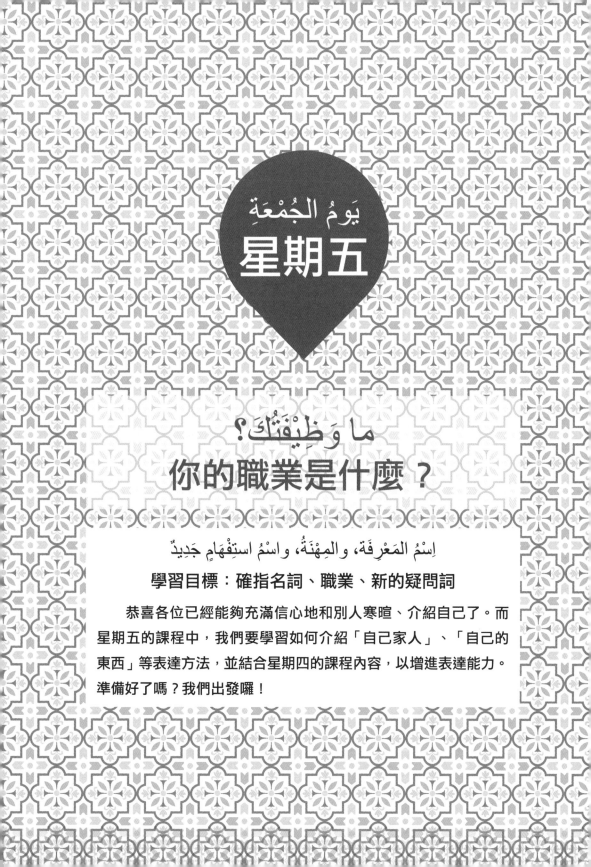

يَومُ الجُمْعَةِ

星期五

ما وَظِيفَتُكَ؟

你的職業是什麼？

إِسْمُ المَعْرِفَة، والمِهْنَةُ، واسْمُ استِفْهَامٍ جَدِيدٌ

學習目標：確指名詞、職業、新的疑問詞

　　恭喜各位已經能夠充滿信心地和別人寒暄、介紹自己了。而星期五的課程中，我們要學習如何介紹「自己家人」、「自己的東西」等表達方法，並結合星期四的課程內容，以增進表達能力。準備好了嗎？我們出發囉！

句型 1 ▶ MP3-70

你的職業是什麼？	ما وَظِيفَتُكَ؟
我是廚師。	أنا طَبَّاخٌ.

 對話 1： ▶ MP3-71

哈立德：你好。	خَالِدٌ: السَّلَامُ عَلَيكُم.
希商：你好。	هِشَامٌ: وَعَلَيكُم السَّلَام.
哈立德：最近過得如何？	خالد: كَيفَ حَالُكَ؟
希商：很好，感謝真主。	هشام: أَنَا بِخَيْرٍ، والحَمدُ لله.
哈立德：你的國籍是什麼？	خالد: ما جِنْسِيَّتُكَ؟
希商：我是突尼西亞人，你呢？	هشام: أنا تُونِسِيٌّ، وأنتَ؟
哈立德：我是敘利亞人，你的職業是什麼？	خالد: أنا سُورِيٌّ. وَمَا وَظِيفَتُك؟
希商：我是廚師，你呢？	هشام: أنا طَبَّاخٌ، وأنتَ؟
哈立德：我是工程師。	خالد: أنا مُهَنْدِسٌ.
希商：幸會。	هشام: فُرْصَةٌ سَعِيدَةٌ.
哈立德：幸會。	خالد: فرصة سعيدة.

🌸 文法 1-1：詢問國籍、職業

前一天我們學會如何詢問別人的國籍，也就是「مِنْ أَيْنَ」＋「主格人稱代名詞」。而這一課，我們來學習另一種詢問方式，這種問句是由疑問詞「مَا」＋「جِنْسِيَّةُ」＋「所有格人稱代名詞」構成的，來看看下面的表格：

▶ MP3-72

你的國籍是什麼？	مَا جِنْسِيَّتُكَ؟
妳的國籍是什麼？	مَا جِنْسِيتُكِ؟
他的國籍是什麼？	مَا جِنْسِيتُهُ؟
她的國籍是什麼？	مَا جِنْسِيتُهَا؟

同一個疑問詞「مَا」＋「وَظِيفَةُ」＋「所有格人稱代名詞」，可以詢問別人的職業。來看看下面的表格： ▶ MP3-73

你的職業是什麼？	مَا وَظِيْفَتُكَ؟
妳的職業是什麼？	مَا وَظِيْفَتُكِ؟
他的職業是什麼？	مَا وَظِيْفَتُهُ؟
她的職業是什麼？	مَا وَظِيْفَتُهَا؟

文法 1-2：疊音、太陽字母和月亮字母

「疊音」是由兩個相同的字母組成，第一個字母的發音是輕音，第二個字母的發音則是三個短母音中的其中一個。以句型中的單字「طَبَّاخ」（廚師）為例，這個單字包含了兩個「الباء」；第一個「الباء」上方標的是輕音「ـْ」，第二個「الباء」上方標的是「ـَ」/a/的音。也就是說，如果把這個單字拆開，會發現這個單字分別由「خ‑ا‑بَ‑بْ‑طَ」的字母和標音組成，也就是說第一個輕音「ـْ」加上第二個「ـَ」/a/的音就會變成「ـَّ」的符號。另外，當阿拉伯語定冠詞「الْ」之後連接「太陽字母」「الحُرُوف الشَّمسِيَّةُ」時，也會形成疊音。

阿拉伯語的二十八個字母中，分為「太陽字母」（الحُرُوف الشَّمسِيَّةُ）與「月亮字母」（الحُرُوف القَمَرِيَّةُ），當定冠詞後連接太陽字母時，太陽字母會將定冠詞的第二個字母「ل」轉化成標上輕音的太陽字母，隨後再和後方的同一個太陽字母合在一起，形成疊音，而定冠詞的第二個字母「ل」在轉化之後就不發音了。比如對話中的單字「平安」（السَّلامُ），第一個「ل」字母轉化成標輕音的「س」字母，所以這個單字必須念成「مُ‑ا‑لَ‑سَ‑سْ‑ا‑رَ」。但是當定冠詞後連接月亮字母時，就「不會」產生疊音，也就是說，定冠詞的「ل」字母會保留發音。後面的句型、對話、文法內容中，如果發現定冠詞「الـ」後面的字母上面出現了疊音符號「ـّ」就代表疊音下方的字母是太陽字母。請看看下面表格中的太陽字母和月亮字母：

月亮字母	太陽字母
أ	ت
ب	ث
ج	د
ح	ذ
خ	ر
ع	ز
غ	س
ف	ش
ق	ص
ك	ض
م	ط
ه	ظ
و	ل
ي	ن

句型 2 ▶ MP3-74

這位是你的母親嗎？	هل هَذِهِ وَالِدَتُكِ؟
是的，這位是我的母親。	نَعَمْ، هَذِهِ وَالِدَتِي.

對話 2： ▶ MP3-75

哈蒂嘉：這是我家人的照片。	خَدِيجَةُ: هَذِهِ صُوْرَةُ أُسْرَتِي.
慕妮拉：真是太棒了！	مُنِيرَةُ: مَا شَاءَ الله!
哈蒂嘉：這是我父親塔立克，他是工程師。	خديجة: هَذَا وَالِدِي طَارِقٌ، وهو مُهَنْدِسٌ.
慕妮拉：這位是誰？	منيرة: وَمَنْ هذه؟
哈蒂嘉：這位是我妹妹法蒂瑪，她是老師。	خديجة: هذه أُخْتِي الصَّغِيرَةُ فَاطِمَةُ، وَهِيَ مُعَلِّمَةٌ.
慕妮拉：這位是你母親嗎？	منيرة: هَلْ هذه وَالِدَتُكِ؟
哈蒂嘉：是的，這位是我母親。	خديجة: نَعَمْ، هذه وَالِدَتِي.
慕妮拉：她的職業是什麼？	منيرة: ما مِهْنَتُهَا؟

144

哈蒂嘉：她是醫生。	خديجة: هي طَبِيْبَةٌ.
慕妮拉：這位是誰？	منيرة: وَمَنْ هذا؟
哈蒂嘉：這位是我哥哥歐瑪爾。	خديجة: هذا أَخِي الكَبِيْرُ عُمَرُ.
慕妮拉：他是工程師嗎？	منيرة: هل هو مهندس؟
哈蒂嘉：不，他是老師。	خديجة: لا، هو مُعَلِّمٌ.
慕妮拉：真是太棒了！	منيرة: ما شاء الله!

文法 2-1：指示代名詞

　　對話2中出現兩個指示代名詞「هذا/هـذه」，意思都是「這個」。其中「هذا」是陽性；「هذه」是陰性，兩者在對話中都是「主語」，而指示代名詞後面的名詞「وَالِدي」（我的父親）、「وَالِدَتـي」（我的母親）都是謂語。注意！主語和謂語的陰陽性必須一致。這種直述句的結構，請見下面表格：

謂語	主語
وَالِدِي 我父親	هذا 這（是）
وَالِدَتِي 我母親	هذه 這（是）

文法 2-2：確指名詞

對話2開頭的單字「صُوْرَةُ أُسْرَتِي」意思是「我家庭的照片」，由前面的泛指名詞「صُوْرَةُ」（照片）和後面的確指名詞「أُسْرَتِي」（我的家庭）組成，後面的名詞限制了前面名詞的範圍，也就是說，「照片」是屬於「我的家庭」的，而不是其他家庭或其他人的。其中「صُوْرَةُ」為主格，字尾標主格「ـُ」/u/的音；「أُسْرَتِي」則為所有格。在本課的文法3-3中，我們還會補充其他種類的確指名詞。

文法 2-3：疑問詞

這一個新學的疑問詞「هَلْ」（是否……？），是用來詢問身分的。而詢問身分的完整問句，由「هل」＋「某人的稱謂」構成，請看下表：　▶ MP3-76

這位是你的媽媽嗎？	هَلْ هَذِهِ وَالِدَتُكَ؟
這位是妳的媽媽嗎？	هل هَذِهِ وَالِدَتُكِ؟
這位是他的媽媽嗎？	هل هَذِهِ وَالِدَتُهُ؟
這位是她的媽媽嗎？	هل هَذِهِ وَالِدَتُهَا؟

也就是說，只要把疑問詞直接放在直述句前面，就成為疑問句了。

第二個學習的疑問詞是「مَنْ」（誰？），可用來詢問人的名字或稱謂，問句結構請見下面表格： ▶ MP3-77

هَذَا وَالِدِي. 這位是我爸爸。	مَنْ هَذَا؟ 這位（男性）是誰？
هَذِهِ وَالِدَتِي. 這位是我媽媽。	من هَذِهِ؟ 這位（女性）是誰？
هُوَ وَالِدِي. 他是我爸爸。	من هُوَ؟ 他是誰？
هِيَ وَالِدَتِي. 她是我媽媽。	من هِيَ؟ 她是誰？

第三個學習的疑問詞「مَـا」，本課用於詢問職業，詢問職業的完整問句由疑問詞「مَا」+「مِهْنَةُ」+「所有格人稱代名詞」構成，請看下表：

▶ MP3-78

你的職業是什麼？	مَا مِهْنَتُكَ؟
妳的職業是什麼？	ما مهنتُكِ؟
他的職業是什麼？	ما مهنتُهُ؟
她的職業是什麼？	ما مهنتُهَا؟

「مَا مهنتُكَ؟」以及上一課學到的「مَا وَظِيفَتُكَ؟」，兩者問的都是「你的職業是什麼？」，所以在對話中，可以替換使用。

✿ 文法 2-4：形容詞

形容詞和被形容詞必須保持「性別」、「數量」、「格位」、「確指或泛指」的一致性，請看下表：

	الصَّغِيْرَة	أَخْتِي
性別一致	形容詞加了陰性詞尾 ة	「姊妹」為陰性名詞
單複數一致	單數形容詞	單數名詞
格位一致	主格	主格
確指或泛指 一致	確指形容詞， 前面加了定冠詞 الـ	確指名詞， 字尾加了所有格代名詞 ي

✿ 文法 2-5：同位語

對話二中「أُخْتِي الصَّغِيْرَة فَاطِمَةُ」的「فَاطِمَةُ」（法蒂瑪）是「أُخْتِي الصَّغِيْرَة」（我妹妹）的同位語，也就是說，「法蒂瑪」和「我妹妹」指的是同一個人。句子結構分析請看下表：

فَاطِمَةُ	أُخْتِي الصَّغِيْرَةُ	هَذِهِ
法蒂瑪	我的妹妹	這位是
謂語同位語	謂語	主語
主格		主格

句型 3

老師在哪裡？	أَيْنَ المُعَلِّمُ؟
老師在教室裡。	المُعَلِّمُ فِي الفَصْلِ.

 對話 3： MP3-80

哈立德：這是什麼？	خَالِدٌ: مَا هَذا؟
希商：這是一本書。	هِشَامٌ: هَذا كِتَابٌ
哈立德：這本書是新的嗎？	خالد: هل هذا الكِتَابُ جَدِيدٌ؟
希商：不，這本書很舊了。	هشام: لا، هذا الكِتَابُ قَدِيمٌ جِدًّا.
哈立德：這是什麼？	خالد: ما هذه؟
希商：這是一個包包。	هشام: هذه حَقِيبَةٌ.
哈立德：這是你的包包嗎？	خالد: هل هذه حقيبتُكَ؟
希商：不，這是這個老師的包包。	هشام: لا، هذه حَقيبَةُ المُعَلِّمِ.
哈立德：老師在哪裡？	خالد: أَيْنَ المُعَلِّمُ؟
希商：老師在教室裡。	هشام: المُعَلِّمُ في الفَصْلِ.

文法 3-1：疑問詞、方位介係詞

詢問某人或某物的位置，可用「أَيْنَ」開頭的問句。句型由「أين」＋「確指名詞」構成。確指名詞為主格。請看下面的表格： ▶ MP3-81

這個男老師在哪裡？	أَيْنَ المُعَلِّمُ؟
這個包包在哪裡？	أين الحَقِيبَةُ؟
這個男老師的包包在哪裡？	أين حَقِيبَةُ المُعَلِّمِ؟

回答某人或某物的位置，必須使用介係詞。句型是由「名詞」＋「介係詞」＋「名詞」構成的。方位介係詞後面的名詞詞尾標所有格「ِـ」/i/的音，請看下面的表格： ▶ MP3-82

這名男老師在這間教室裡。	المُعَلِّمُ في الفصلِ.
這個包包在這間教室裡。	الحَقِيبَةُ في الفَصلِ.
這名男老師的包包在這間教室裡。	حَقِيبَةُ المُعَلِّمِ في الفَصلِ.

接下來，我們學習其他的地方介係詞以及例句，請看下面的表格：

▶ MP3-83

تَحْتَ （在……之下）	عَلَى （在……之上）	وَرَاءَ （在……之後）	أمامَ （在……之前）
الحَقِيبَةُ تَحْتَ المَكْتَبِ.	الحَقِيبَةُ عَلَى المَكْتَبِ.	الحَقِيبَةُ وَرَاءَ المَكْتَبِ.	الحَقِيبَةُ أمَامَ المَكْتَبِ.
這個包包在這張桌子下面。	這個包包在這張桌子上面。	這個包包在這張桌子後面。	這個包包在這張桌子前面。

文法 3-2：形容詞

對話中提到「الكِتَابُ قَدِيــمٌ」（這本書很舊），是由主語「書」和謂語「舊的」組成，兩者都是主格。類似的句型，請看下面的表格，請注意形容詞的陰陽性： ▶ **MP3-84**

	謂語	主語
這本書很新。	جَدِيدٌ.	الكِتَابُ
這個包包很新。	جَدِيدَةٌ.	الحَقِيبَةُ
這名男老師的包包很舊。	قَدِيمَةٌ.	حَقِيبَةُ المُعَلِّمِ
他的包包很舊。	قَدِيمَةٌ.	حَقِيبَتُهُ
我爸爸的包包很舊。	قَدِيمَةٌ.	حَقِيبَةُ وَالِدِي

 文法 3-3：確指名詞

對話3中的「حَقِيبَــةُ المُعَلِّمِ」（這名男老師的包包），是由泛指名詞「حَقِيبَةٌ」（包包）和確指名詞「المُعَلِّــمِ」（這名男老師）組成，「這名男老師」的字尾標上所有格「ــــِ」/i/的音。我們結合之前學到的內容，複習確指名詞的種類，請看下面的表格：

這個包包	الحَقِيبَةُ
你的包包	حَقِيبَتُكَ
這名男老師的包包	حَقِيبَةُ المُعَلِّمِ

以下的表格列舉了「確指名詞」的種類，一方面將各種確指名詞全部列舉出來，二方面讓各位再次複習名詞句中「主語」＋「謂語」的句型結構。以下的句子都是由「確指名詞」＋「形容詞」構成。確指名詞作句子的主語，形容詞作謂語，兩者都是主格： ▶ MP3-85

1	
الْجَامِعَةُ جَمِيلَةٌ. 這所大學很漂亮。	الْمُعَلِّمُ نَشِيطٌ. 這名老師很有活力。

2	
هَذِهِ الْبِنتُ جَمِيلَةٌ. 這個女孩很漂亮。	هَذَا الطَّالِبُ مُجْتَهِدٌ. 這名學生很認真。
هَذِهِ الْقُبْعَةُ صَغِيرَةٌ. 這頂帽子很小。	هذا الْقَلَمُ طَوِيلٌ. 這支筆很長。

3	
حَقِيبَتُهَا غَالِيَةٌ. 她的包包很貴。	ثَوْبُكَ جَمِيلٌ. 你的衣服很漂亮。
مُعَلِّمَتِي مَرِيضَةٌ. 我的女老師生病了。	مُوَظَّفُكَ مَرِيضٌ. 你的員工生病了。

4	
فَاطِمَةُ كَرِيمَةٌ. 法蒂瑪很慷慨。	سَعِيدٌ بَخِيلٌ. 薩伊德很吝嗇。
مُنِيرَةُ غَنِيَّةٌ. 慕尼拉很富有。	هِشَامٌ سَلِيمٌ. 希商很健康。

5	
صُورَةُ حَسَنٍ صَغِيرَةٌ. 哈珊的照片很小。	سَيَّارَةُ مُحَمَّدٍ زَرْقَاءُ. 穆罕默德的車子是藍色的。
6	
مَكْتَبَةُ الجَامِعَةِ كَبِيرَةٌ. 這所大學的圖書館很大。	قَلَمُ المُعَلِّمَةِ قَصِيرٌ. 這名女老師的（原子）筆很短。

以下的「職業」和「地點」列表，提供給各位練習詢問、回答某人的位置：

職業 ▶ MP3-86

（女廚師）طَبَّاخَةٌ	（廚師）طَبَّاخٌ
（女醫生）طَبِيبَةٌ	（醫生）طَبِيبٌ
（女員工）مُوَظَّفَةٌ	（員工）مُوَظَّفٌ
（女主管）مُدِيرَةٌ	（主管）مُدِيرٌ
（女護理師）مُمَرِّضَةٌ	（護理師）مُمَرِّضٌ
（女編輯）مُحَرِّرَةٌ	（編輯）مُحَرِّرٌ
（女工程師）مُهَنْدِسَةٌ	（工程師）مُهَنْدِسٌ
（女部長）وَزِيرَةٌ	（部長）وَزِيرٌ
（女服務生）نَادِلَةٌ	（服務生）نَادِلٌ
（女警察）ضَابِطَةٌ	（警察）ضَابِطٌ
（女老師）مُدَرِّسَةٌ	（老師）مُدَرِّسٌ
（女理髮師）حَلَّاقَةٌ	（理髮師）حَلَّاقٌ

延伸學習 2

地點 MP3-87

餐廳	مَطْعَمٌ
工廠	مَصْنَعٌ
公司	شَرِكَةٌ
醫院	مُسْتَشْفًى
出版社	مَطْبَعَةٌ
內閣、部	وِزارَةٌ
商店	مَحَلٌّ
警察局	مَكْتَبُ الشُّرطَةِ
學校	مَدْرَسَةٌ
理髮店	صالُونُ الحِلاقَةِ *

＊「مَكْتَبُ الشُّرطَةِ」由「مَكْتَب」（辦公室）以及「الشُّرطَةِ」（警方）兩個字組
成，是一個複合名詞。「الشُّرطَةِ」用來限定「مَكْتَب」的範圍，所以無論如何
「الشُّرطَةِ」的字尾都必須標上所有格的發音/i/；至於「مَكْتَب」的字尾標上什
麼格位的發音，則取決於「مَكْتَب」在一句話中是什麼角色，主格發音/u/、
受格發音/a/、所有格發音/i/都有可能。以單字呈現的時候，「مَكْتَب」字尾
必須標上主格的發音/u/。

「صالُونُ الحِلاقَةِ」由「صالُون」（沙龍）以及「الحِلاقَةِ」（理髮）兩個字組成，
也是一個複合字，「الحِلاقَةِ」用來限定「صالُون」的範圍，所以無論如何

「الحلاقة」的字尾都必須標上所有格的發音/i/，至於「صَالُون」的字尾標上什麼格位的發音，則取決於「صَالُـون」在一句話中是什麼角色，主格發音/u/、受格發音/a/、所有格發音/i/都有可能。以單字呈現的時候，「صَالُون」字尾需必須標上主格的發音/u/。

延伸學習 3

　　以下的形容詞表格，可以搭配文法3-3的確指名詞，用來造「主語」＋「謂語」的基本句子。

　　形容詞(錄音)：下方的形容詞均為陽性的型態，只要在形容詞詞尾加上陰性詞尾「ة」就可以形容陰性名詞了。　▶ MP3-88

（壞的）سَيِّئٌ	（好的）جَيِّدٌ
（虛弱的）ضَعِيفٌ	（強壯的）قَوِيٌّ
（吝嗇的）بَخِيلٌ	（慷慨的）كَرِيمٌ
（肥胖的）بَدِينٌ	（苗條的）نَحِيفٌ
（短的、矮的）قَصِيرٌ	（長的、高的）طَوِيلٌ
（醜陋的）قَبِيحٌ	（漂亮的）جَمِيلٌ
（難過的）حَزِينٌ	（開心的）سَعِيدٌ
（貧窮的）فَقِيرٌ	（富裕的）غَنِيٌّ
（生病的）مَرِيضٌ	（健康的）سَلِيمٌ
（用功的、勤勞的）مُجْتَهِدٌ	（懶惰的）كَسْلَانُ
（邪惡的）شَرِيرٌ	（善良的）لَطِيفٌ
（疲勞的）تَعْبَانُ	（有活力的）نَشِيطٌ
（體積小的、年幼的）صَغِيرٌ	（體積大的、年長的）كَبِيرٌ
（便宜的）رَخِيصٌ	（昂貴的）＊ غَالٍ(الغالي)

＊在阿拉伯語中，形容詞是屬於名詞下的一個分類，這個標示特殊記號的詞彙在阿拉伯語中是一個「الاسم المنقوص」（缺尾名詞），該名詞以母音結尾，主格時字尾發音是「ــٍ」/in/。但如果該名詞前面沒有定定冠詞「الـ」，字尾的母音必須要隱藏起來，且必須在前一個字母標示「ــٍ」/in/的音。如果名詞前面加了定冠詞，字尾的母音就會顯現出來，就像括號中的寫法一樣。

🌸 自我測驗

一、代換練習（注意陰陽性須一致） ▶ MP3-89

طَبَّاخٌ.	أنا		مِهْنَتُكَ؟		ما
( ).	( )		مِهْنَتُ( )؟		ما

مُوَظَّفَةٌ.	أنا	لِكَ؟		
مُدِيرٌ.	هُوَ	ـهُ؟	مِهْنَتُ	ما
طَبِيبَةٌ.	هِيَ	ـهَا؟		

المُعَلِّمِ.	حَقِيبَةُ	هَذِهِ	لا،	حَقِيبَتُكَ؟	هَذِهِ	هَلْ
( ).	حَقِيبَةُ	هذه	لا،	حَقِيبَتُ( )؟	هذه	هل

المُدِيرَةِ.				لِكَ؟		
المُدِيرِ.				لِكِ؟		
مُصطَفَى.	حَقِيبَةُ			ـهَا؟		
حَسَنٍ.		هذه	لا،	لِكِ؟	حَقِيبَتُ	هل
ـهُ.	حَقِيبَتُ			ـهَا؟		
ـهَا.				ـهُ؟		

二、看圖寫句子

_____ _____ _____	1.
_____ _____ _____	2.
_____ _____ _____	3.
_____ _____ _____	4.

🌸 文化櫥窗

阿拉伯世界甜點之旅

庫納法（）

　　庫納法風行於約旦、敘利亞、黎巴嫩等國，起源於巴勒斯坦約旦河西岸的城市納布魯斯（نابُلْس）。這種甜點四季皆宜，尤其是齋戒月期間更受人歡迎，因為在漫長的齋戒後，庫納法的高熱量、脂肪、維他命、蛋白質、鐵質可以立刻讓齋戒的民眾精神為之一振。我們也常常在婚禮、慶功宴、家庭聚會中瞥見這一道老少咸宜的甜點。更有甚者，庫納法的名氣早已經超出阿拉伯國家的界線，擴及土耳其、高加索地區和希臘。

　　許多的説法提到，伍麥雅王朝哈里發「穆阿維業」（مُعَاوية بن أبي سُفْيان，608-680）在大馬士革執政時期，會在雞鳴封齋之前的最後一餐享用庫納法。據説，穆阿維業向自己的醫師抱怨，齋戒月期間飽受飢餓之苦，醫師便建議他可以在封齋飯時享用庫納法，如此就可以避免齋戒月期間飢餓難耐。為此，穆阿維業執政區內的人民，就特別製作了這種甜點獻給他，於是，阿拉伯語中就流傳著「穆阿維業的庫納法」這樣的詞彙，將兩者緊密聯繫在一起。

　　製作庫納法，必須先將生麵團放入擠花袋中，在倒扣的鐵鍋上擠出「麵團絲」，並直接把倒扣的鐵鍋鍋底當作弧形烤盤，接著用文火將麵團絲烤熟，放涼後加入融化的奶油、糖粉均勻混和，鋪在烤盤底部。另外，將牛奶、砂糖、澱粉、全麥麵粉、鮮奶油放入鍋中加熱，直到液體變稠、冒泡為止。待鍋中的液體冷卻後，倒入烤盤，上方再鋪一層麵糰絲，就送進烤箱。

麵團絲變成金黃色的時候，可立刻把烤盤取出，淋上玫瑰水、檸檬汁、白糖製成的糖水，最後撒上搗碎的開心果即大功告成。甜點旁擺上一壺咖啡或紅茶，就是最道地的阿拉伯風情了！

庫納法

黎巴嫩之夜（لَيالِي لُبنان）

毫無疑問的，黎巴嫩之夜是百分之百的黎巴嫩本土點心。容器中倒入糖粉、粗麵粉、奶粉、水，隨後用文火加熱，直到各種配料充分混和，再將鍋子裡混合好的東西平舖在有一定深度的盤子裡，放入冰箱冷藏。冷卻後，在表面先塗一層鮮奶油，再撒上一層開心果碎屑、幾片玫瑰花瓣和一點玫瑰水，就可以上桌了。如果說，黎巴嫩之夜是布丁的表親，應該不為過。

阿里之母（أُمّ عليّ）

這個甜點的名稱，源自埃及阿尤部王朝（الدَولَــة الأُيوبِيَّة，1174-1250）蘇丹「意茲・丁・艾伯克」（عِزّ الدِّين أيبـك，1257-）第二個妻子的稱號。話說蘇丹的第一個妻子「夏賈爾・杜爾」（شَــجَرَة الدُّر，1257-）頗有政治野心，當蘇丹出外征伐時，在王國內部代為掌理政務。然而她並不滿足於擔任一個輔佐蘇丹的角色，她利用權力制止蘇丹探視第二個妻子和她的兒子「阿里」（عليّ）

。後來蘇丹察覺到夏賈爾的野心，和她逐漸疏遠，夏賈爾深感不安，於是意圖謀殺蘇丹。她先在蘇丹面前百般示好，請求他的赦免，隨後還邀請蘇丹到她的城堡中會面，蘇丹應邀前往，卻慘遭謀害。阿里之母十分悲痛，決心為了阿里他爹報仇。夏賈爾被擒獲之後，死在阿里之母和其他女僕的亂鞋攻擊之下。不久，阿里之母製作了甜點和眾人大肆慶祝，而這種甜點後來就以「阿里之母」的名稱流傳後世。想不到，甜滋滋的味道裡面，還摻雜著復仇的血腥味呢！

　　阿里之母的做法不複雜，只要把口袋餅（خُبز）掰成片狀，放到盤中，再加上葡萄乾（زَبِيب）、杏仁（لَوز）、椰子粉（جَوْزُ هِند）、開心果（فُسْتُق حَلَبي）備用。另一邊，將牛奶加熱，放入糖和奶油充分攪拌，倒入剛剛備好材料的盤中，表面用開心果裝飾，最後放入烤箱烤上十五分鐘，等盤子裡面的濃稠液體滾燙冒泡時，就可以拿出來了。這道用料實在、營養豐富的甜點，源於埃及，風行於蘇丹、敘利亞、伊拉克等地，在沙烏地阿拉伯，這道點心也不時出現在婚宴場合中。

阿里之母

في أُسْرَتي سَبْعَةُ أَفْرَادٍ

我的家裡有七個成員

العَدَدُ والمَعْدُودُ، والخَبَرُ المُقَدَّمُ والمُبْتَدَأ المُؤَخَّرُ، والأَفْعَالُ

學習目標：數字搭配名詞、調後主語和提前謂語、常用
　　　　　動詞解說

　　經過六天的學習，各位阿拉伯語的能力一定有大幅的進步，
恭喜！星期六是本課程的最後一天，這天的課程中，我們首先會
介紹「數字」和「名詞複數」，接下來會解說「主語和謂語調換
位置的情況」，最後介紹「عَمِلَ」（工作）、「سَكَنَ」（住）、
「عَلَّمَ」（教）、「تَعَلَّمَ」（學）、「تَكَلَّمَ」（說）這些常用動詞，以
及「動詞的現在式人稱變化」。最後，結合前幾天的內容，各位
就可以詳細地描述自己身邊的人物了。準備好了嗎？讓我們做最
後的衝刺吧！

句型 1 ▶ MP3-90

你的家庭裡有幾個人？	كَمْ فَرْدًا فِي أُسْرَتِكَ؟
我的家庭裡有七個人。	فِي أُسْرَتِي سَبْعَةُ أَفْرَادٍ.
你有一個大家庭呢！	عِنْدَكَ أُسْرَةٌ كَبِيرَةٌ!

對話 1 ▶ MP3-91

哈桑：你好。	حَسَنٌ: السَّلامُ عَلَيْكُم.
哈立德：你好。	خَالِدٌ: وَعَلَيْكُم السَّلام.
哈桑：這是我家庭的照片。	حسن: هَذِهِ صُورَةُ أُسْرَتِي.
哈立德：太棒了！你的家庭有多少位成員？	خالد: ما شاء الله! كَمْ فَرْدًا فِي أُسْرَتِكَ؟
哈桑：我的家庭裡有七位成員，他們是：我父親、我母親、我姊姊、我妹妹、我哥哥、我弟弟，和我。	حسن: في أُسْرَتِي سَبْعَةُ أَفْرَادٍ هُم وَالِدِي، وَوَالِدَتِي، وأختي الكَبِيرَةُ، وأختي الصَّغِيرَةُ، وأخِي الكَبِيرُ، وأخِي الصَّغِيرُ، وأنَا.
哈立德：你有一個大家庭呢！	خالد: عِنْدَكَ أُسْرَةٌ كَبِيرَةٌ!

166

❦ 文法1-1：疑問詞「كَمْ」（多少）

　　詢問數量時，必須使用「كَمْ」（多少）這個疑問詞。疑問句由「كــم」＋「泛指名詞」＋「介係詞」＋「確指名詞」構成。其中，泛指名詞為受格，請看下面的表格： ▶ MP3-92

你的家庭有幾個成員？	كَم فَرْدًا في أُسْرَتِكَ؟
這間教室裡有幾本書？	كم كِتَابًا في الفَصلِ؟

❦ 文法 1-2：「調後主語」和「提前謂語」

　　前幾天學到的句子，組成的方式為「主語」＋「謂語」，比如：「المُعلِّمُ في الفَصلِ」（這位老師在這間教室裡），此時「老師」為「確指名詞」，所以放在句首。如果主語是「泛指名詞」，比如「في أُسْرَتي سبعةُ أَفرادٍ」（我的家裡有七名成員），句子中的「سبعةُ أَفرادٍ」（七名成員），就必須放到句子後面，變成「調後的主語」，而句子中的謂語「في أُسْرَتي」（我的家庭裡）則提到「سبعةُ أَفرادٍ」前面，變成「提前的謂語」；同樣的情況，在對話的結尾還有一個結構類似的句子：「عِندَك أُسْرَة كَبِيرَة」（你有一個大家庭），這個句子中，主語「أُسْرَة كَبِيرَة」（一個大家庭）同樣是「泛指名詞」，所以必須放到句子後面，變成「調後的主語」，而句子的謂語「عِندَك」，（你有）則必須提到「أُسْرَة كَبِيرَة」前面，變成提前的謂語。依照下面的例句，我們可以將句子中的所有格人稱代名詞替換，進一步熟悉這種表達方式，請看下面的表格： ▶ MP3-93

中文翻譯	調後的主語	提前的謂語	
你家裡有七名成員。	سبعةُ أَفْرَادٍ.	أُسْرَتِكَ	في
妳家裡有七名成員。	سبعةُ أَفْرَادٍ.	أُسْرَتِكِ	في
他家裡有七名成員。	سبعةُ أَفْرَادٍ.	أُسْرَتِهِ	في
她家裡有七名成員。	سبعةُ أَفْرَادٍ.	أُسْرَتِهَا	في
我家裡有七名成員。	سبعةُ أَفْرَادٍ.	أُسْرَتِي	في
我們家裡有七名成員。	سبعةُ أَفْرَادٍ.	أُسْرَتِنَا	في
你有一個大家庭。	أَسْرَةٌ كَبِيرَةٌ.	عِنْدَكَ	
妳有一個大家庭。	أَسْرَةٌ كَبِيرَةٌ.	عِنْدَكِ	
他有一個大家庭。	أَسْرَةٌ كَبِيرَةٌ.	عِنْدَهُ	
她有一個大家庭。	أَسْرَةٌ كَبِيرَةٌ.	عِنْدَهَا	
我有一個大家庭。	أَسْرَةٌ كَبِيرَةٌ.	عِنْدِي	
我們有一個大家庭。	أَسْرَةٌ كَبِيرَةٌ.	عِنْدَنَا	

文法 1-3：名詞的性別與數量

　　阿拉伯語的名詞分為陰陽兩性，型態分成單、雙、複數。數字和被數名詞搭配的時候，名詞的型態有相應的變化。變化的方式如下：

◎數字一：數字一和被數名詞連寫在一起當主語時，名詞要保持單數，數字一要放在被數名詞之後，數字一和被數名詞的性別須一致，比如：

▶ MP3-94

我有一個兄弟。	عِنْدِي أَخٌ وَاحِدٌ.
我有一個姊妹。	عِنْدِي أُخْتٌ وَاحِدَةٌ.

◎數字二：數字二和被數名詞連寫一起當主語時，名詞字尾要加上「ان」，數字二要放在被數名詞之後，數字二和被數名詞的性別須一致，比如：

▶ MP3-95

我有兩個兄弟。	عِنْدِي أَخَوَانِ اثْنَانِ. ＊
我有兩個姊妹。	عِنْدِي أُخْتَانِ اثْنَتَانِ.
我有兩個叔叔。	عِنْدِي عَمَّانِ اثْنَانِ.
我有兩個嬸嬸。	عِنْدِي عَمَّتَانِ اثْنَتَانِ.

＊「أخ」變成雙數的時候，要先加字母「الـواو」再加「ان」。另外，數字「اثْنَانِ」以及「اثْنَتَانِ」的第一個字母「ا」也是連接的漢目宰，在這裡必須和前面的被數名詞的最後一個字母「ن」連音。關於連接的漢目宰，請參閱星期四的課程內容。

◎數字一和數字二可以省略。

◎數字三～九：數字三～九和被數名詞連寫一起當主語時，數字三～九要放
在被數名詞「前面」，且數字三～九和被數名詞的性別須「相反」，被數
名詞須變成「複數」，字尾是「所有格」發音/i/，並加上一個鼻音/n/，也
就是說，被數名詞的字尾是/in/的發音，比如： MP3-96

我有四個兄弟。	عِنْدِي أَرْبَعَةُ إِخْوَانٍ.
我有四個姊妹。	عِنْدِي أَرْبَعُ أَخَوَاتٍ.
我有三個叔叔。	عِنْدِي ثَلَاثَةُ أَعْمَامٍ.
我有三個姑姑。	عِنْدِي ثَلَاثُ عَمَّاتٍ.

延伸學習 1

　　下面的兩個表格列出「數字」的陰陽性，和「家庭成員」的單數及複數，運用這兩個表格，可以說出更多阿拉伯語喔！ ▶ MP3-97

數字

陰性	陽性	
وَاحِدَةٌ	وَاحِدٌ	1
اِثْنَتَانِ	اِثْنَانِ	2
ثَلاثَةٌ	ثَلاثٌ	3
أَرْبَعَةٌ	أَرْبَعٌ	4
خَمْسَةٌ	خَمْسٌ	5
سِتَّةٌ	سِتٌّ	6
سَبْعَةٌ	سَبْعٌ	7
ثَمَانِيَةٌ	* ثمانٍ(ثماني)	8
تِسْعَةٌ	تِسْعٌ	9

＊數字8的陽性名詞在阿拉伯語中是一個「الاسم المنقوص」（缺尾名詞），該名詞以母音結尾，主格時字尾發音是「ــٍ」/in/。如果後面接了被數名詞，字尾的母音就會顯現出來，就像括號中的寫法一樣。

家庭成員（左側的阿拉伯語單詞是複數） ▶ MP3-98

父親們 / 父親	وَالِدٌ / وَالِدُونَ
母親們 / 母親	وَالِدَةٌ / وَالِدَاتٌ
兄弟們 / 兄弟	أَخٌ / إِخْوَانٌ
姊妹們 / 姊妹	أُخْتٌ / أَخَوَاتٌ
兒子們 / 兒子	ابْنٌ / أَبْنَاءٌ
女兒們 / 女兒	بِنْتٌ / بَنَاتٌ
叔叔們 / 叔叔	عَمٌّ / أَعْمَامٌ
姑姑們 / 姑姑	عَمَّةٌ / عَمَّاتٌ
舅舅們 / 舅舅	خَالٌ / أَخْوَالٌ
阿姨們 / 阿姨	خَالَةٌ / خَالاتٌ
祖父、外公們 / 祖父、外公	جَدٌّ / أَجْدَادٌ
祖母、外婆們 / 祖母、外婆	جَدَّةٌ / جَدَّاتٌ

名詞的單、雙、複數，可以套用到之前學過的「عِنْـدِي...」（我有……）的句型，也就是說，該句型後面可以加上一定數量的「人」或「物」，來表達「我有幾個東西」、「我有幾個親戚」。請看下面的表格： ▶ **MP3-99**

我有			عِنْدِي
	一個兄弟 / 四個兄弟。	أَخٌ وَاحِدٌ / أَرْبَعَةُ إِخْوَانٍ.	
	一個姊妹 / 三個姊妹。	أُخْتٌ وَاحِدَةٌ / ثَلَاثُ أَخَوَاتٍ.	
	一個阿姨 / 五個阿姨。	خَالَةٌ وَاحِدَةٌ / خَمْسُ خَالَاتٍ.	
	一個舅舅 / 六個舅舅。	خَالٌ وَاحِدٌ / سِتَّةُ أَخْوَالٍ.	
	一個叔叔 / 三個叔叔。	عَمٌّ وَاحِدٌ / ثَلَاثَةُ أَعمَامٍ.	
	一個姑姑 / 三個姑姑。	عَمَّةٌ وَاحِدَةٌ / ثَلَاثُ عَمَّاتٍ.	
	一支筆 / 三支筆。	قَلَمٌ وَاحِدٌ / ثَلَاثَةُ أَقْلَامٍ.	
	一本筆記本 / 九本筆記本。	دَفْتَرٌ وَاحِدٌ / تِسْعَةُ دَفَاتِرَ.	
	一個包包 / 八個包包。	حَقِيبَةٌ وَاحِدَةٌ / ثَمَانِي حَقَائِبَ. ٭	
	一本書 / 七本書。	كِتَابٌ وَاحِدٌ / سَبْعَةُ كُتُبٍ.	

٭ 「حَقَائِبَ」、「دَفَاتِرَ」兩個詞在構詞方面比較特殊，因此在所有格格位的時候字尾不是/in/的發音，而是/a/，請特別注意！

句型 2 ▶ MP3-100

你做什麼？	مَاذَا تَعْمَلُ؟
我是理髮師。	أَعمَلُ حَلَّاقًا.

對話 2 ▶ MP3-100

哈立德：你有兄弟姊妹嗎？	خَالِدٌ: هَل عِنْدَكَ أَخٌ وأُختٌ؟
希商：有，我有四個兄弟，一個姊妹。	هِشَامٌ: نَعَم، عِنْدي أَرْبَعَةُ إِخْوَانٍ وأُختٌ وَاحِدَةٌ.
哈立德：你的姊妹從事什麼工作？	خَالِد: مَاذَا تَعْمَلُ أُختُكَ؟
希商：她是護士。	هشام: تعمل مُمَرِّضَةً.
哈立德：她在哪裡工作？	خالد: أين تعمل؟
希商：她在診所工作。	هشام: تعمل فِي العِيَادَةِ.
哈立德：那你做什麼工作？	خالد: وَماذا تعمل؟
希商：我是理髮師。	هشام: أَعْمَلُ حَلَّاقًا.
哈立德：你在哪裡工作？	خالد: أين تعمل؟
希商：我在理髮店工作。	هشام: أعمل في صَالُونِ الحِلاقَةِ.

🌸 文法2-1：疑問詞「أين」（……在哪裡？）的用法

「أين」（……在哪裡？）在前一天的課程中，我們學過，但用法是「أين」＋「確指名詞」，用來詢問某人或某物的位置。例如：「أيــن القَلَمُ؟」（這枝筆在哪裡？）；今天我們學習另一種用法，就是句型「أين」＋「現在式動詞」，用來詢問動作發生的地點。例如：「أين تَعْمَلُ؟」（你在哪裡工作？）

🌸 文法2-2：動詞「عَمِلَ」（做）的用法與人稱變化

上一課我們學過詢問職業的問句：「مــا وَظِيفَتُكَ؟」、「ما مِهْنَتُكَ؟」（你的職業是什麼？）。而這一課，我們來學另一種詢問的方式，也就是疑問詞「ماذا」（什麼）＋「عَمِـلَ」（做）的「現在式人稱變化」，用來詢問某人現在從事何種職業。所以「مَاذَا تَعْمَلُ؟」就是「你（現在）從事何種職業？」的意思。

「對話2」中，我們學到動詞「عَمِلَ」（做）的用法和現在式人稱變化。

◎這個動詞後面接「職業」，意思是「從事某種職業」，該職業為「泛指名詞」，而且是動詞「做」的「受詞」，所以字尾是受格雙音「ـً」。

◎若動詞後面不加任何受詞，而是先加介係詞「فـي」（在……裡面），之後再加地點，意思為「某人在某處工作」。

依據以上兩點，我們來看下面表格： ▶ **MP3-102**

我從事醫師這行業。	أَعْمَلُ طَبِيبًا.
你從事工程師這行業。	تَعْمَلُ مُهَنْدِسًا.
我在醫院工作。	أعمَلُ في المُسْتَشْفَى.
你在公司工作。	تَعْمَلُ في الشَرِكَةِ.

我們可以利用在前一天「職業」、「地點」表格中學習到的單字和別人對話，並造出新的句子。

下面的表格，是動詞「عَمِلَ」（做）的現在式人稱變化： ▶ **MP3-103**

هِيَ 她	هُوَ 他	أَنْتِ 妳	أَنْتَ 你	نَحْنُ 我們	أَنَا 我
تَعْمَلُ 她做	يَعْمَلُ 他做	تَعْمَلِينَ 妳做	تَعْمَلُ 你做	نَعْمَلُ 我們做	أَعْمَلُ 我做

因為動詞已經「內含」人稱代名詞（標示紅色的部分），所以一般情況下，可以直接省略主格人稱代名詞，留下現在式動詞即可。只要情況明確，即使人稱代名詞省略，也不妨礙理解。

句型 3 ▶ MP3-104

妳住在哪裡？	أَين تَسْكُنِينَ؟
我住在台北市。	أَسْكُنُ في مَدِينَةِ تَايْبِيه.

對話 3 ▶ MP3-105

哈桑：妳做什麼工作？	حَسَنٌ: ماذَا تَعْمَلِينَ؟
法莉妲：我是個醫生，你呢？	فَرِيدَةُ: أَعْمَلُ طَبِيبَةً، وأَنتَ؟
哈桑：我是個經理。妳在哪裡工作？	حَسَنٌ: أعمل مُدِيرًا. وأَين تَعْمَلِينَ؟
法莉妲：我在醫院工作，你呢？	فَرِيدَةُ: أعمل في المُسْتَشْفَى، وأَنتَ؟
哈桑：我在公司工作。你住在哪裡？	حَسَنٌ: أعمل في الشَرِكَةِ. وأين تَسْكُنِينَ؟
法莉妲：我住在台北市，你呢？	فَرِيدَةُ: أَسْكُنُ في مَدِينَةِ تَايْبِيه، وأَنتَ؟
哈桑：我也住在台北市。	حَسَنٌ: أَسكن في مدينة تايبيه أَيضًا.

文法3-1：副詞「أَيْضًا」（也）

副詞「أَيْضًا」（也），一般情況下放在句尾，和中文的順序不同。比如：「أَعْمَلُ فِي مَدِينَةِ تَايْبِيه أَيْضًا」（我也在台北市工作）；「أَسْكُنُ فِي مَدِينَةِ تَايْبِيه أَيْضًا」（我也住在台北市）。

文法3-2：動詞「سَكَنَ」（住）的用法及人稱變化

動詞「سَكَنَ」（住）＋介係詞「فِي」再接特定地點，意思是「某人住在某地」。下面的表格是這個動詞的現在式人稱變化：

 MP3-106

هِيَ 她	هُوَ 他	أَنْتِ 妳	أَنْتَ 你	نَحْنُ 我們	أَنَا 我
تَسْكُنُ 她住	يَسْكُنُ 他住	تَسْكُنِينَ 妳住	تَسْكُنُ 你住	نَسْكُنُ 我們住	أَسْكُنُ 我住

🌸 課文 - 自我介紹（文法、句型總複習） ▶ MP3-107

最後，我們讀一篇短文，複習「前幾天」學過的所有文法和句型：

我叫做法蒂瑪。	اِسْمِي فَاطِمَةُ.
我住在約旦。	أَسْكُنُ في الأُرْدنِ.
我有一個幸福的家庭。	عِنْدِي أُسْرَةٌ سَعِيدَةٌ.
我的家庭是個大家庭。	أُسْرَتِي أُسْرَةٌ كَبِيرَةٌ.
我有四個兄弟和三個姊妹。	عِنْدِي أَرْبَعَةُ إِخْوانٍ وثَلاثُ أَخَواتٍ.
我的媽媽很勤勞。	أُمِّي مُجْتَهِدَةٌ.
她在醫院擔任護士。	هِيَ تَعْمَلُ مُمَرِّضةً في المُسْتِشْفَى.
我的爸爸很有活力。	أَبِي نَشِيطٌ.
他在建築公司擔任工程師。	هُوَ يَعْمَلُ مُهَنْدِسًا في شَرِكَةِ البِنَاءِ.
我擔任老師的職務，在約旦大學教阿拉伯文。	أَعْمَلُ أُسْتَاذَةً وأُعَلِّمُ اللُّغَةَ العَرَبِيَّةَ في الجَامِعَةِ الأُرْدُنِيَّةِ.
我說阿拉伯文和英文說得很好。	أَتَكَلَّمُ اللُّغَةَ العَرَبِيَّةَ وَاللُّغَةَ الإِنْجِلِيزِيَّةَ جَيِّدًا.
我現在正在學習西班牙文和中文。	أَتَعَلَّمُ اللُّغَةَ الإِسْبَانِيَّةَ وَاللُّغَةَ الصِّينِيَّةَ الآنَ.

🌿 文法4-1：確指名詞、副詞

◎名詞「شَرِكَةُ البِناءِ」（建設公司），由前面的泛指名詞「شَرِكَةٌ」（公司）和
後面的確指名詞「البِناءِ」（建設）組成，後面確指名詞限定前面泛指名詞
的範圍，意思是：這間公司是「建設」公司，而不是其他類型的公司，
「البِناءِ」為所有格格位，字尾標上「ـِ」/i/的音。

◎副詞「جَيِّدًا」（很好地）為程度副詞，修飾動詞「أَتَكَلَّمُ」（我說），詞尾為
受格雙音「ـً」；副詞「الآنَ」（現在）為時間副詞，該副詞前面有定冠
詞，所以詞尾是受格單音「ـَ」。

🌿 文法4-2：動詞「عَلَّمَ」（教）、「تَعَلَّمَ」（學）、「تَكَلَّمَ」（說）的用法以及現在式人稱變化

短文中，我們學到了「教」、「學」、「說」三個新動詞，「語言」為
這三個動詞的受詞，為受格格位，字尾標上「ـَ」/a/的音，請看下面的表格：

▶ MP3-108

我教			أَعَلِّمُ
我學	阿拉伯語。	اللغةَ العَرَبِيَّةَ.	أَتَعَلَّمُ
我說			أَتَكَلَّمُ

這些動詞的現在式人稱變化，請看下面的表格： ▶ MP3-109

هِيَ 她	هُوَ 他	أَنْتِ 妳	أَنْتَ 你	نَحْنُ 我們	أَنَا 我
تُعَلِّمُ 她教	يُعَلِّمُ 他教	تُعَلِّمِين 妳教	تُعَلِّمُ 你教	نُعَلِّمُ 我們教	أُعَلِّمُ 我教
تَتَعَلَّمُ 她學	يَتَعَلَّمُ 他學	تَتَعَلَّمِين 妳學	تَتَعَلَّمُ 你學	نَتَعَلَّمُ 我們學	أَتَعَلَّمُ 我學
تَتَكَلَّمُ 她說	يَتَكَلَّمُ 他說	تَتَكَلَّمِين 妳說	تَتَكَلَّمُ 你說	نَتَكَلَّمُ 我們說	أَتَكَلَّمُ 我說

❀ 文法 4-3：「主格」、「受格」、「所有格」總複習

最後三天的課程，我們接觸到名詞的「主格」、「受格」、「所有格」，我們現在分別以「معلِّم」（男老師）、「معلِّمة」（女老師）為例，複習這三個格位，請看下面的表格： ▶ MP3-110

	泛指名詞	確指名詞
主格 –	مُعَلِّمٌ	المُعَلِّمُ
受格 –	مُعَلِّمًا	المُعَلِّمَ
所有格 –	مُعَلِّمٍ	المُعَلِّمِ

	泛指名詞	確指名詞
主格 – ُ	مُعَلِّمَةٌ	الْمُعَلِّمَةُ
受格 – َ	مُعَلِّمَةً	الْمُعَلِّمَةَ
所有格 – ِ	مُعَلِّمَةٍ	الْمُعَلِّمَةِ

自我測驗

一、代換練習 ▶ MP3-111

في أُسْرَتِي خَمْسَةُ أَفْرَادٍ.

في أسرتِ ( ) ( ) أَفْرَادٍ.

نَا	ثَلَاثَةُ	
كَ	أَرْبَعَةُ	
في أُسْرَتِ كِ	سِتَّةُ	أَفْرَادٍ.
ـهِ	سَبْعَةُ	
ـهَا	ثَمَانِيَةُ	

عِندي ثَلَاثُ أَخَوَاتٍ.

عِنْد ( ) ( ) ( ).

نَا	أَرْبَعُ	حَقَائِبَ.
كَ	خَمْسَةُ	إِخْوَانٍ.
عِنْدَ كِ	سِتَّةُ	أَقْلَامٍ.
ـهُ	سَبْعَةُ	دَفَاتِرَ.
ـهَا	ثَلاثَةُ	كُتُبٍ.

مُعَلِّمًا.	أَعْمَلُ	أنا
( ).	( )	( )

مُعَلِّمًا.	تَعْمَلُ	أَنْتَ
طَبِيبَةً.	تَعْمَلِين	أَنْتِ
مُدِيرًا.	يَعْمَلُ	هُوَ
مُمَرِّضَةً.	تَعْمَلُ	هِيَ
مُعَلِّمَةً.	تَعْمَلُ	فاطِمَةُ
حَلَّاقًا.	يَعْمَلُ	حَسَنٌ
مُهَنْدِسًا.	يَعْمَلُ	أَبِي
مُوَظَّفَةً.	تَعْمَلُ	أُمِّي

تَايْبِيه.	في	أَسْكُنُ	تَسْكُنُ؟	أين
( ).	في	( )	( )؟	أين

كاوشيونغ.		أَسْكُنُ	تَسْكُنِينَ؟	
الرِّيَاض.	في	يَسْكُنُ	يَسْكُنُ؟	
القَاهِرَة.		تَسْكُنُ	تَسْكُنُ؟	أين

الشَّرِكَةِ.	في	أَعْمَلُ	تَعْمَلُ؟	أين
( ).	في	( )	( )؟	أين
المَطعَمِ.		أَعْمَلُ	تَعْمَلِينَ؟	
المَدْرَسَةِ.	في	يَعْمَلُ	يَعْمَلُ؟	أين
المُستَشْفى.		تَعْمَلُ	تَعْمَلُ؟	

جَيِّدًا.	اللُّغَةَ العَرَبِيَةَ	أَتَكَلَّمُ
جيدًا.	اللغة ( )	( )
	اللغَةَ اليَابَانِيَّةَ	تَتَكَلَّمُ
جيدًا.	اللغَةَ الإِسْبَانِيَّةَ	تَتَكَلَّمِينَ
	اللغَةَ الإنجِلِيزِيَّةَ	يَتَكَلَّمُ
	اللغَةَ العَرَبِيَةَ	تَتَكَلَّمُ
الآنَ.	اللُّغَةَ التَايلانِدِيَّةَ	أَتَعَلَّمُ
الآنَ.	اللغةَ ( )	( )
	اللغَةَ الرُوسِيَّةَ.*	نَتَعَلَّمُ
	اللغَةَ الفَرَنْسِيَّةَ	تَتَعَلَّمُ
الآنَ.	اللغَةَ الإنْدُونِيسِيَّةَ	تَتَعَلَّمِينَ
	اللغَةَ الكَورِيَّةَ	يَتَعَلَّمُ
	اللُّغَةَ العَرَبِيَةَ	تَتَعَلَّمُ

* 「اللغة الرُوسِيَّةَ」（俄語）

185

二、看圖回答下列問題

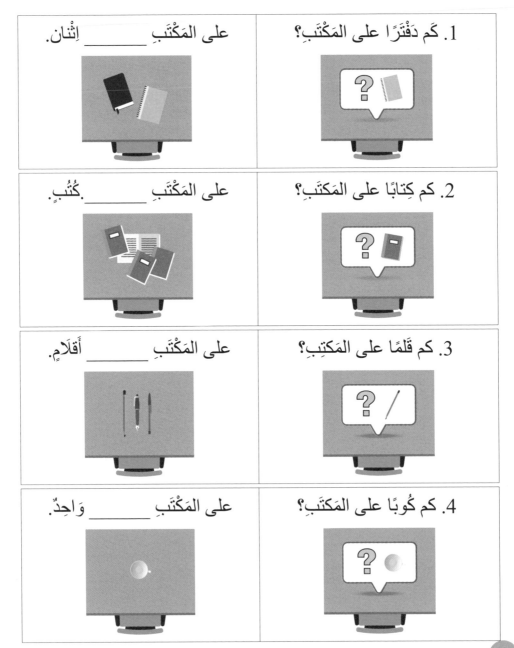

1. كَم دَفْتَرًا على المَكْتَبِ؟

على المَكْتَبِ _____ اِثْنان.

2. كم كِتابًا على المَكْتَبِ؟

على المَكْتَبِ _____ كُتُبٍ.

3. كم قَلَمًا على المَكْتَبِ؟

على المَكْتَبِ _____ أَقْلامٍ.

4. كم كُوبًا على المَكْتَبِ؟

على المَكْتَبِ _____ واحِدٌ.

三、試著依照課文中的句型介紹自己

السلام عليكم، اسمي _____

_____

_____

_____

_____

_____

_____

_____

_____

 文化櫥窗

鷹嘴豆的前世今生

中東食材之靈魂

　　鷹嘴豆（حُمَّص）是中東地區著名的料理食材，在阿拉伯國家的餐點中的地位始終屹立不搖。在敘利亞、約旦、黎巴嫩的餐桌上，當地人將鷹嘴豆運用得淋漓盡致。因為豆子的形狀和大小與禱告時手持的串珠相仿，當地人時常將豆子與後者相提並論。

鷹嘴豆的料理法

　　阿拉伯人食用鷹嘴豆的歷史悠久，然而，至今仍無法確定真正的起源。我們只能從現今最古老的紀錄得知，十三世紀的開羅，已經出現了類似今天流行的料理方式。一般而言，最簡單的料理方式，就是將鷹嘴豆洗淨、泡軟，混合白米一起燉煮，當作主食。複雜一點的料理方法，則是將鷹嘴豆清洗後泡軟、煮熟，放涼打成泥，再混和白芝麻醬（طَحينَة السِمْسِم）、少許檸檬汁、蒜頭（ثَوم）、鹽（مِلْح），之後舀起幾匙豆泥，倒入小碟內，邊轉動盤子，邊用木杵從盤子內部沿著盤子邊緣擠上一圈，讓豆泥往盤子高處聚集，變成外凸內凹的形狀，最後澆上一點橄欖油（زَيت الزَّيتون），然後在豆泥的中央凹陷處放上幾粒完整的鷹嘴豆做最後的點綴，就可以上桌了。

　　鷹嘴豆泥可以直接吃，或者先撕下幾片阿拉伯國家流行的口袋餅（خُبز），再沾點豆泥入口。無論盛夏或嚴冬，鷹嘴豆泥這一道「冷食」，都是阿拉伯人百吃不厭的經典料理。阿拉伯國家的餐廳，呈現這道菜的方式可能略有不同。比如，在黎巴嫩，除了以上的配料之外，當地廚師還會在鷹嘴豆泥上加入孜然粉（كَمُّون），讓口感更有層次。各種奇特的味道，在舌尖輕盈地跳

起華爾滋，這想必是每一個到過阿拉伯國家的人，除了徒步旅遊外，參與的另一趟令人驚喜的味覺微旅行。

鷹嘴豆泥　　　　　　　　　　　鷹嘴豆泥碗

從街頭小吃到宴客菜的華麗轉身

　　除了製成抹醬之外，鷹嘴豆和地中海沿岸常見的蔬菜結合後，就瞬間變成了爽口的沙拉料理。將煮熟的鷹嘴豆、紫色洋蔥絲、小黃瓜片、紅椒丁、山羊乳酪混和，再淋上橄欖油、白醋、檸檬汁、巴西利碎末、紅椒粉、鹽、黑胡椒粉混和而成的醬料，就是一道夏日的開胃聖品。當然，鷹嘴豆也能搖身一變，成為作法繁複的宴客菜——「法剌菲丸子」（فَلَافِــل）。先將泡軟的鷹嘴豆、蠶豆以一比一的比例混合，再加入適量的香菜、巴西利、蒜頭，接著用調理機打成泥，隨後撒上黑胡椒粉、紅椒粉、鹽、孜然粉、小蘇打粉混和均勻，最後把它裝入特定的容器中，製成一個個扁圓形的小丸子，然後表面沾上芝麻下鍋油炸即大功告成。雖說是「宴客菜」，但這道菜價格平易近人，高貴不貴，在阿拉伯餐廳受歡迎程度歷久不衰，早就是盡人皆知國民美食了。

營養價值

　　鷹嘴豆的營養價值非常高，除了碳水化合物，也富含蛋白質、脂肪、

膳食纖維、礦物質、維生素。常食用鷹嘴豆有助於消化系統的運作,增進骨骼和心臟的健康。阿拉伯國家的報刊或街邊的宣傳小廣告,不時會提示鷹嘴豆的好處,甚至把鷹嘴豆富含的高蛋白質,和生育能力結合在一起,似乎,內容背後的潛台詞就是:想要子孫滿堂,充分攝取鷹嘴豆必不可少。(本人的解讀)

鷹嘴豆之戰

　　近年來,猶太人在中東地區和阿拉伯人的衝突越演越烈,這把火也燒到了鷹嘴豆料理上。對於豆泥料理的真正創始者,以色列人和阿拉伯人爭論不休。依據英國廣播公司BBC於2017年進行的報導:2009年黎巴嫩人製作了2噸重的鷹嘴豆泥,並申請世界紀錄,以抗議以色列違反食品專利法,逕自將豆泥的發明據為己有;同年以色列人製作了4噸重的豆泥放在盤子上,作為反擊;然而,黎巴嫩人不甘示弱,又完成了近11噸重的豆泥,並從2010年至今都保持著這項世界紀錄。鷹嘴豆的背後,混和了國仇家恨、族群認同,在以色列和阿拉伯人意圖藉著這道菜獨占國際話語權的時候,鷹嘴豆早已不動聲色地攻占了地中海地區,成為千家萬戶餐桌上的美味佳餚[1]。

1　本文參考英國廣播公司的報導,詳見:
Spechler, Diana (2017, December 13). Who invented hummus. BBC.
https://www.bbc.com/travel/article/20171211-who-invented-hummus

附錄

二、聽錄音、寫字母

خ.7 ؛ب.6 ؛ث.5 ؛ح.4 ؛ت.3 ؛خ.2 ؛أ.1

أ.14 ؛ت.13 ؛ج.12 ؛ب.11 ؛ث.10 ؛ج.9 ؛ح.8

五、連連看

這間房子很新。		البيت جديد.
你好！（問候）		السلام عليكم.
我很好，感謝真主。		وعليكم السلام.
你好嗎？		كيف حالك؟
早安！（回答）		الثوب جميل.
這件衣服很漂亮。		صباح الخير.
早安！（問候）		أنا بخير، والحمد الله.
你好！（回答）		صباح النور.

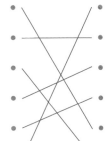

二、聽錄音、寫字母

ذ.1؛ ز.2؛ د.3؛ س.4؛ ض.5؛ ش.6؛ س.7؛ ذ.8؛

ر.9؛ ض.10؛ ش.11؛ ص.12؛ ر.13؛ ز.14؛ ص.15؛ د.16؛

五、連連看

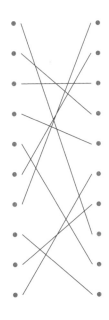

這個西瓜很好吃。	أنا مسرور بمعرفتك.
幸會！	الصورة قديمة.
謝謝！	شكرا.
不客氣。	فرصة سعيدة.
我生病了。（陰性）	عفوا.
這張照片很老了。	هو مدرس.
很高興認識你。	أنا مريض.
他是我同學。	البطيخ لذيذ.
我生病了。（陽性）	أنا مريضة.
他是老師。	هو زميلي.

星期二　自我測驗解答

二、聽錄音、寫字母

ظ.6؛	ف.5؛	ن.4؛	غ.3؛	ع.2؛	ظ.1
ق.12؛	ط.11؛	ع.10؛	ط.9؛	ق.8؛	غ.7

三、練習連寫字母

- ب‐ ا‐ ب = باب
- د‐ ف‐ ت‐ ر = دفتر
- ب‐ ح‐ ر = بحر
- ج‐ ز‐ ر = جزر
- ظ‐ ف‐ ر = ظفر
- ظ‐ ه‐ ر = ظهر
- غ‐ ر‐ ف‐ ة = غرفة
- ص‐ م‐ غ = صمغ

- ت‐ ف‐ ا‐ ح = تفاح
- د‐ ج‐ ا‐ ج = دجاج
- خ‐ ب‐ ز = خبز
- ش‐ ك‐ ر‐ ا = شكرا
- ب‐ ع‐ د = بعد
- ن‐ ظ‐ ا‐ ر‐ ة = نظارة
- ب‐ ا‐ ع = باع

六、連連看

我說阿拉伯語。　　　　　　　　　　　　　غسان غائب اليوم.

這件襯衫很舊。　　　　　　　　　　　　　الطعام لذيذ.

午後　　　　　　　　　　　　　　　　　　أتكلم اللغة العربية.

我很抱歉。　　　　　　　　　　　　　　　هذا القميص قديم.

格珊今天缺席了。　　　　　　　　　　　　بعد الظهر.

這道菜很好吃。　　　　　　　　　　　　　أنا آسف.

星期三　自我測驗解答

二、聽錄音、寫字母

1.ك；2.ه؛3.ل؛4.ن؛5.م؛6.و؛7.ه

8.ن؛9.ك؛10.م؛11.ي؛12.ل؛13.و؛14.ي

三、練習連寫字母

- ب- ي- ت = بيت
- ج- م- ي- ل = جميل
- ل- ذ- ي- ذ = لذيذ
- ش- م- س = شمس
- م- ر- ي- ض = مريض
- م- ن- ز- ل = منزل
- و- ج- ه = وجه
- ك- ر- س- ي = كرسي

- ث- ل- ا- ث- ة = ثلاثة
- ك- ث- ي- ر = كثير
- ر- ج- ل = رجل
- ص- و- ر- ة = صورة
- ن- ع- ن- ا- ع = نعناع
- ك- و- ب = كوب
- ه- و = هو

六、連連看

新年快樂！

他是誰？

歡迎歡迎！

恭喜！

他是穆罕默德。

生日快樂！

你現在在哪裡？

我們走吧！

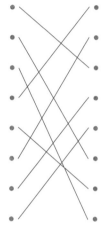

مبارك!

عيد ميلادك سعيد!

كل عام وأنتم بخير!

أين أنت الآن؟

هيا بنا!

من هو؟

هو محمد.

أهلا وسهلا!

一、完成對話

1. وعليكم السلام.

2. أنا بخير، والحمد لله.

3. فرصة سعيدة.

4. عفوا.

5. مع السلامة.

6. صباح النور.

7. مساء النور.

二、選出符合圖片的句子

1. رحلة سعيدة

2. إلى اللقاء.

3. هي معلمة.

4. هو من إندونيسيا.

五、連連看

中文		阿拉伯文
你好。（問候）		السلام عليكم.
恭喜！		وعليكُم السلام.
開齋節快樂！		كيف حالكَ/كيف حالكِ؟
我很好，感謝真主。		أنا بخير، والحمدللَّه.
幸會！（問候、回答）		فرصة سعيدة.
再見。		مع السلامة.
新年快樂！		إلى اللقاء.
你好。（回答）		مبارك!
請慢用。		عيد الفطر مبارك!
你好嗎／妳好嗎？		عيد الأضحى مبارك!
再見。		كل عام وأنتم بخير!
真遺憾。（事與願違）		عيد ميلادكَ(كِ) سعيد!
但願事情如此。		رحلة سعيدة!
宰牲節快樂！		صحتين وعافية.
真棒！太好了！		شفاكَ(كِ) الله.
生日快樂！		أنا آسف.
祝你（妳）早日康復		أنا آسفة.
我（女性）很抱歉！（犯錯道歉）		مع الأَسَف.
旅途愉快！		إن شاء الله.
我（男性）很抱歉！		ما شاء الله!

星期五　自我測驗解答

二、看圖寫句子

1. الحقيبةُ على المكتَبِ.
（這個包包在這張辦公桌上面。）

2. الحقيبةُ تَحتَ المكتَبِ.
（這個包包在這張辦公桌下面。）

3. الحقيبةُ أمامَ المكتَبِ.
（這個包包在這張辦公桌前面。）

4. الحقيبةُ وراءَ المكتَبِ.
（這個包包在這張辦公桌後面。）

二、看圖回答下列問題

1. عَلَى المَكْتَبِ دَفتَرَان اِثْنانٌ.

（這張辦公桌上有兩本筆記本。）

2. عَلَى المكتب أَرْبَعَةُ كُتُبٍ.

（這張辦公桌上有四本書。）

3. عَلَى المكتب ثَلَاثَةُ أَقْلَامٍ.

（這張辦公桌上有三支原子筆。）

4. عَلَى المكتب كُوبٌ وَاحدٌ.

（這張辦公桌上有一個杯子。）

三、試著依照課文中的句型介紹自己

السَّلامُ عَلَيكُم، اِسمي خَالدٌ. أَسْكُنُ في تَايوَانَ. أُسْرَتي أُسْرَةٌ صَغِيرَةٌ. في أُسرَتي أَرْبَعَةُ أَفرَادٍ، هُم أبي، وأُمّي، وأَخي الكَبِيرُ، وأنا. أبي نَشِيطٌ. يعمل مُوَظَّفًا في الشَرِكَةِ. أُمّي نَشِيطَةٌ أيضًا. تَعمَلُ مُمَرِّضَةً في العِيادَةِ. أَخي الكَبِيرُ مُجتَهِدٌ. يَعْمَلُ مَعَلِّمًا في المَدْرَسَةِ. أنا أَعمَلُ مُهَندِسًا في شَرِكَةِ البِناءِ. أَتَكَلَّمُ اللُّغَةَ العَرَبِيَّة واللُّغَةَ الإِنْجِليزِيَّةَ جَيِّداً. أَتَعَلَّمُ اللُّغَةَ الصِّينِيَّةَ الآنَ. فُرْصَةٌ سَعِيدَةٌ.

你好，我的名字叫作哈立德。我住在台灣。我的家庭是個小家庭。我的家庭裡有四個成員，他們是：我的爸爸、我的媽媽、我的哥哥和我。我的爸爸很有活力，他在公司擔任職員的工作；我的媽媽也很有活力，她在診所裡擔任護士的工作；我的哥哥很努力，他在學校擔任老師的工作；我在建築公司擔任工程師的工作。我說阿拉伯語和英語說得很好，我現在正在學習中文。幸會。

國家圖書館出版品預行編目資料

信不信由你 一週開口說阿拉伯語！/ 鍾念雩著
-- 初版 -- 臺北市：瑞蘭國際 , 2022.08
208 面；17×23 公分 --（繽紛外語系列；114）
ISBN：978-986-5560-80-5（平裝）
1.CST：阿拉伯語 2.CST：讀本

807.88   111011591

繽紛外語系列 114

信不信由你 一週開口說阿拉伯語！

作者｜鍾念雩
審訂｜馬穆德（محمود طلب عبد الدين）
責任編輯｜潘治婷、王愿琦
校對｜鍾念雩、潘治婷、王愿琦

封面設計、版型設計、內文排版｜陳如琪

瑞蘭國際出版
董事長｜張暖彗 · 社長兼總編輯｜王愿琦
編輯部
副總編輯｜葉仲芸 · 主編｜潘治婷
設計部主任｜陳如琪
業務部
經理｜楊米琪 · 主任｜林湲洵 · 組長｜張毓庭

出版社｜瑞蘭國際有限公司 · 地址｜台北市大安區安和路一段 104 號 7 樓之一
電話｜(02)2700-4625 · 傳真｜(02)2700-4622 · 訂購專線｜(02)2700-4625
劃撥帳號｜19914152 瑞蘭國際有限公司
瑞蘭國際網路書城｜www.genki-japan.com.tw

法律顧問｜海灣國際法律事務所　呂錦峯律師

總經銷｜聯合發行股份有限公司 · 電話｜(02)2917-8022、2917-8042
傳真｜(02)2915-6275、2915-7212 · 印刷｜科億印刷股份有限公司
出版日期｜2022 年 08 月初版 1 刷 · 定價｜450 元 · ISBN｜978-986-5560-80-5

 瑞蘭國際